ブレヒトの詩

しなやかに鋭く時代を穿つ

内藤洋子

績文堂出版

ブレヒトの詩

しなやかに鋭く時代を穿つ

凡例

・本書の翻訳部分は、以下を原典とした。
Bertolt Brecht: Werke. Große kommentierte Berliner und Frankfurter Ausgabe, hrsg.v. Werner Hecht, Jan Knopf, Werner Mittenzwei, Klaus-Detlef Müller. 30 Bände. Aufbau-Verlag Berlin und Weimar/ Suhrkamp Verlag Frankfurt am Main, 1988-2000.

・初訳の詩は、目次の詩の表題下に＊印を付記した。その他の詩も、旧訳を参考に新たに訳した。

・表題のない詩は、詩の一行目を太字で表記し、表題に換えた。（原典では一行目を大文字書きで表記している。）

・解説文で、詩文の語句を引用する際は、〈　〉で示した。

・［原注］は、原典に記載の注からの翻訳である。それ以外の（注）は、主に引用の出典表示で、著者によるものである。

【目次】

はじめに

――喪失のリストをたずさえて

沈みゆく船から逃れて、沈みゆく船に乗り込みながら
―まだ新しい船は見えない―、私は書きつける
小さな紙片に名前を
もはや私の周りにいない人びとの名を。
……

「喪失のリスト」と題する詩を、ブレヒトはこう書き始めた。そこには、彼と行動を共にしてアメリカに亡命の途上、モスクワで病死したM・シュテフィン[1]の名があった。そしてやはりナチに追われて逃亡の途上、スペインとの国境近くで自害したと伝えられるW・ベンヤミン[2]の名も。安否の知れぬ大切な友人たちの名前もあった。

二〇世紀は、大量破壊の二つの世界大戦があり、そしてその後の四十数年に及ぶ東西の冷戦があった。その二〇世紀を生きたすべての人びとの胸には、それぞれの長い喪失のリストがあるだろう。そして今、この二一世紀にも、戦いから逃れ、安住の地を求めて、荒野を歩き、あるいは地中海をボートでさまよう難民たちの、いつ果てるともない長い列が見える。新しい地平線はまだ見えない。より良い世界を目ざす闘いは、今も続いているのだ。

ブレヒトにおいても、一六歳の時に第一次大戦の開戦を体験し、ファシズム時代の一五年に及ぶ亡命生活を経て、冷戦直下の旧東ドイツで終えた五八年の生涯は、まさに生きることは闘うことだった、といえるものだったろう。

「人と人とが助け合う友愛の地を準備しようとして、私たち自身は友愛を示せなかった」とうたって、後世の人びとに託したブレヒトの思いを、この本を通して伝えたいと思う。

日本では、もっぱら劇作家として名の知れたブレヒトだが、じつは詩人として出発し、生涯を通して詩を書きつづけた。戯曲の上演の機会を奪われた亡命期も、詩を通してブレヒトは直接読者に語りかけた。彼の詩は、そのほとんどがモノローグではなく、ダイアローグであると言っていい。対話へと誘う彼の詩は、問いに始まり、問いで終わることもしばしばである。詩を読む楽しみは、その問いかけに真摯に向き合い、答えを探す試みのうちにあるだろう。

本書は、ブレヒトの書き残した膨大な数の詩の中から、彼の全体像をとらえるよう配慮しつつ選んだ四八篇を翻訳し、理解を深めるための解説と、筆者の読み解きを記したものである。ご批判を仰ぐとともに、読者の方々にブレヒトとのより豊かな対話をもたらす一助となれば、幸いである。

なお本書は、ブレヒトの詩作を初期から晩年まで順を追った構成となっているが、しかしそれにとらわれることなく、興味を持った詩からお読みいただくことをお勧めしたい。どの切り口からも、つねに時代状況と真正面に向き合うブレヒトの、批評精神に貫かれた明晰な言葉と、その背後に流れる抒情性を感じとっていただけるのではないかと思う。

(注)
(1) マルガレーテ・シュテフィン(一九〇八—一九四一)ブレヒトの作家活動を間近で支えた。
(2) ヴァルター・ベンヤミン(一八九二—一九四〇)亡命期、ブレヒトが親しく対話し、敬愛した作家、思想家。

第1章　衝撃のデビュー
（『ベルトルト・ブレヒトの家庭用説教集』より）

アプフェルベック、または野の百合

1
穏やかな光のなかで、ヤコブ・アプフェルベックは
父と母を殴り殺した
そして二人を洗濯物の戸棚に閉じ込め
家の中にとどまった、ひとりで。

2
空には雲が流れ

家のまわりを穏やかに夏の風が吹いていた
そして家の中にかれはひとり坐っていた
七日前にはまだほんの子どもだった。

3

いくたびか昼が過ぎ、夜も過ぎた
何も変わらなかった、少しのことを除いては
両親の傍でヤコブ・アプフェルベックは
ただ待っていた、なんとでもなれと。

4

そして死体が戸棚から臭い出したとき
ヤコブはアザレアの鉢を買ってきた
あわれな子、ヤコブは
その日からソファで眠った。

5

牛乳屋の女がまだ牛乳を家に持ってくる
甘くて冷たい脱脂乳。
飲まない分をヤコブは捨てた
もうたくさんは飲めないから。

6

新聞屋がまだ新聞を持ってくる
夕暮れに重い足取りで家にまで
ガタガタと郵便受けに投げ入れる
だがヤコブは新聞は読まない。

7

そして死体が家じゅうに臭ったとき

ヤコブは泣いた、気分が悪くなった。
泣きながら服を脱ぎ
その時からバルコニーで眠った。

8

毎日やって来る新聞屋が言った、
これは何の臭いだね？　悪臭がするんだが。
穏やかな光のなか、ヤコブは言った、
戸棚の洗濯物だよ。

9

毎日やって来る牛乳屋の女が言った、
これは何の臭いだい？　人が死んだ時みたいな臭いだよ！
穏やかな光のなか、ヤコブは言った、
戸棚の中で腐った牛肉だよ。

10
そしてある日、かれらが戸棚の中を見たとき
ヤコブは穏やかな光のなかに立っていた
なぜこんなことをしたのかと問われて
ヤコブは答えた、ぼくにはわからない。

11
その翌日、牛乳屋の女はこう言った、
あの子はいつか、遅かれ早かれ
おそらくいつか
あわれな両親の墓を訪れるのかしら？

この詩は、ベルトルト・ブレヒトが二一歳の時に書いたもので、その年にミュンヘンで実際に

起きた事件を元にしている。当時まだ一六歳だった少年、本名ヨゼフ・アプフェルベックが、自宅で両親を殺害したというセンセーショナルな事件は、古くからカトリックの根強い風土を育んできた市民たちを震撼させるものであったに違いない。

一方、ブレヒトの詩に目を転じると、ヤコブ・アプフェルベックを一三歳と設定し、事件そのものの報告は簡潔に第一節で終えて、犯行の事細かな説明や肝心の殺害の動機についても、一切触れられていない。

むしろブレヒトの目は、事件そのものよりも、それをとりまく日常世界の方に注がれていることに気づく。この凶行が〈穏やかな光のなか〉で行われ、その家をつつむように夏風が〈穏やかに吹き、そして事件が発覚したときも少年は、〈穏やかな光のなか〉に立っていた、と描写している。繰り返される〈穏やかな〉（mild）という形容詞が表象する市民社会の安穏な日常と、この陰惨な事件とのコントラストはグロテスクである。

しかしブレヒトは、この出来事を決して日常世界からはみ出した異物として捉えずに、新聞屋や牛乳配達の女に代表される健全な市民たちが、日々呼吸している光のなかに内在するものと見ていることを見逃してはなるまい。〈穏やかな光〉は異化され、平穏な日常の虚構性があらわになる。第七節を見れば、ブレヒトの描くアプフェルベックは非人間ではない。なぜこんなことをしたのかと問われて、わからない、と答えたかれもまた、あらゆる矛盾を見えなくするこの〈穏やかな光〉に、すっぽりとつつまれているのだ。

改めてこのバラードの表題を見ると、「アプフェルベック、または野の百合」とある。〈野の百合〉とは、新約聖書のマタイ伝に登場し、以来、清純、無垢の象徴として民衆文学の中心モチーフにもなっている。その〈野の百合〉が、重罪を犯したアプフェルベックと結合されていることは挑発的で、読者はブレヒトの投げかけた鋭い問題提起に否応なく向き合わされる。第二節以下、事件のその後を淡々と語る語り口は、読者の即座の感情移入を断ち、この事件からの有用な教訓めいた結論も下さずに、読み手に思考を促す形で終わっている。

そしてまた、この詩の内容が衝撃的だっただけでなく、このようなベンケルザング（大道芸人の歌）の伝統を呼び戻したような詩をもって登場したことでも、詩人ブレヒトは異彩を放った、といえるだろう。

彼は、「自分の仕事について」と題するエッセイの中の「進歩について[1]」でこう語っている。

私は自分が達成したと思う進歩は、後戻りする過程で勝ち取ったことを思うと、満足を覚える。この退却に先行していつも、ほとんどいつも前進があった。例えば、私はベンケルザングやバラードといった、抒情詩のもっとも単純で、もっともありふれた形から始めたが、こうした形式は優れた詩人たちにはもうとっくに用いられなくなっていた。

ベンケルザングとは、中世から近世の頃、ヨーロッパ各地を放浪する旅回りの芸人が、歳の市などでにぎわう広場の一角で、手回しオルガンを奏でながら、大きな布に描かれた絵を示しつつ恐ろしい事件の顛末などを歌い語り聞かせるものであった。事件の残酷さを強調して聴衆の心を摑み、単調な日常からつかの間脱する娯楽を提供したのである。最後は罪人に正義の裁きが下り、道徳的教訓を付与して締めくくる、というものであった。

先に述べたように、ブレヒトの場合は、これとは全く機能を異にする。恐ろしい事件を扱いながらも、読者の感情移入は阻み、道徳的教訓を施すこともしない。

では何故ブレヒトは、こうした前時代的な詩形式に着目したのだろうか。

一九一〇年代、特にベルリンやミュンヘンなど大都市を根拠地に、伝統的世界とラジカルに決別するという一点を共通の旗印にして、表現主義運動が若き芸術家たちを巻き込んでいたことを思うと、敢えて過去に〈後戻りする〉という、一見奇異に感じるブレヒトの姿勢は、いったい何を示すのか。

彼が、〈もっとも単純で、もっともありふれた形から始める〉と言うとき、彼の念頭にある詩の宛先は、まぎれもなく民衆である。民衆を明確に読者として意識した、新しい真の民衆文学の創造を模索していたと言えるのではなかろうか。近代詩以降の、詩人と読者とが幾重にも隔てられたあり方ではなく、民衆に直に語りかけ、民衆の心のなかへ働きかける近代以前の表現形式、例えばベンケルザングには文学の最も原初的な形態である語りが生きており、そこにブレヒトは学びとるものを見たと思われる。

ただし、伝統的なベンケルザングのように、民衆の欲求に迎合して味付けされた娯楽商品として提供し消費させるものではない。同じく読者の感情に働きかけながらも、陰惨な事件を通してかいま見えた現実社会の問題性を直視し、思考を促そうとするものである。現代社会の孕む問題をいかに表現するかを問うていくなかで、過去の表現形式を新たに発見し、それを批判的に継承するという手法を、ここに見ることができる。

若いころブレヒトは、自作の詩を聴き手の前で歌い朗読することを好んで行った。彼の初期の

Apfelböck oder Die Lilie auf dem Felde

Bertolt Brecht・Satz：Kurt Schwaen

(Brecht-Liederbuch, Suhrkamp Verlag, 1984. から)

詩の多くは、机上で生まれたものではなく、友人仲間たちと戸外で遊び、安酒場で語らうとき、自らギターを奏で、即興で曲を作りながら詩を披露したりするなかで生まれたものである。（この「ヤコブ・アプフェルベック、または野の百合」にも、彼が曲を付けているので、一例としてその楽譜を右頁に掲載した。）

（注）
（1） Über Fortschritte. In: Über die eigene Arbeit.

◇

船

1

あまたの海の澄んだ水のなかを泳ぎ
揺れながらわたしは目的地や重荷から解き放たれて
赤い月の下、サメと一緒に移動していた。

わたしの船板が腐り、帆が擦り切れ
わたしを海岸に引っ張った艫綱《ともづな》が朽ちてから
わたしの水平線もいっそう遠のき、色うすれていった。

2

そしてあの水平線が色を失って、この海へ
はるか遠い空がわたしをゆだねてから
わたしは深く感じる、死んでいくのだと。
抗《あらが》うこともせず、この海に
沈むのだと知ってから、
怨みもなく、わたしはこの海に身をまかせた。

3

水が入って来た、水はたくさんの動物を
わたしの中に泳がせた、見知らぬ

隔壁のなかで動物たちは親しくなった。
あるとき腐った天井から、空が落ちてきた
動物たちはどの隅でも互いに知りあった
サメはわたしのなかにごきげんで居ついた。

4

四カ月たち、藻が流れこみ
梁《はり》を緑色に染めたから
わたしの顔はまた変わった。
内臓のなかは緑色に風がそよぎ
わたしはゆっくりと進んでいった、苦しみもなく
月と植物と、サメとクジラと一緒に、重たげに。

5

カモメと藻にとって、わたしは憩いの場所だった

責任は負わず、かれらを助けることもしない。
沈むときは、わたしはずっしりと重たい。
八カ月目になって今、水が流れ込む
前にも増して。わたしの顔はいっそう青ざめる。
そしてわたしは願う、もう終わりになることを。

6

異国の漁民たちが証言した、何かが
近づいてくるのを見た、それは近づきながら消えた、と。
島か？　朽ちた筏《いかだ》か？
何かが動いていった、カモメの糞でほのかに白く光りながら
藻と水、月と死んだものでいっぱいになって
黙したまま、重たげに、青ざめた空へ向かって。

この詩は、フランスの象徴派詩人ランボーの詩「酔いどれ船」にモチーフを負っているため、剽窃との評判も立ったが、比較してみれば、互いの表象世界の違いは歴然で、ブレヒトのそれは象徴詩ではない。また腐敗や没落、死をテーマと見て、ニヒリズムの詩と見る解釈も多いが、これにも賛同し難い。

第五節まで、船が一人称の〈わたし〉で語っている。市民社会という港に繋ぎ留める艫綱も朽ち、積荷からも解放されて用済みとなった老朽船が、いま遠い空の下、水に身を委ねて、あてどない航海をしている。それは船という機能から解き放たれて、有機物として自然に還る長いゆっくりとした旅路である。船内には海の動物や植物を宿し、ずっしりと重たい。〈わたし〉は死に抗わず、自らそれを受け入れる。社会的役割を終え、静かに今その命を終えるにあたり、有機物としての姿を取り戻し、たくさんの仲間の生きとし生けるものを包み込んでの豊かな死である。戦場で果てた兵士たちの死の対極にある。

そして最後の第六節（原文でもイタリック体）では、パースペクティブが変わり、観察者と報告者の視点に移る。異国の漁民たちにみとられて、何かが空と一つに溶け合うように消えていった。しかし、その空の下で、また新たな生命が生まれることを予感させるのである。

この第1章で紹介する詩はいずれも、ブレヒトの第一詩集『ベルトルト・ブレヒトの家庭用説教集』（一九二七年、以下『家庭用説教集』と略記）に収められている。この詩集の約五〇篇の詩のほとんどは、一九二〇年前後、ブレヒトが二〇代前半までに、故郷アウクスブルク時代に書いたものである。

この一風変わった詩集のタイトルが目を引くが、これはマルティン・ルターの『教会および家庭用説教集』（一五二七年）を手本として、それを換骨奪胎したものである。ルターの説教集は、一般家庭に広く流布し、道徳的、宗教的教育のために用いられてきた。ブレヒトも、熱心なプロテスタントだった母のもとで、幼少のころから聖書や聖人の物語に親しんできた。そのルターの説教集の形式を利用しつつ、キリスト教の教えを規範とする市民社会のモラルの偽善性を暴く批判の書へと、機能転換を図ったものといえよう。

さらに、この詩集の冒頭には、「個々の読章を使用するための手引き」なるものが掲げられてあり、これ自体、詩集としてはきわめて特異である。「使用する」という概念を詩に持ち込んだことは、ヨーロッパの近現代詩の主流とはまったく異なるもので、大きな反発と誤解を呼ぶに十分であったろう。

その書出しをみると、「この家庭用説教集は読者が使用するためのものだ。無駄に読みかじりをすべきではない。第一読章（祈願行）は、読者の感性に直接訴える。一度にあまりたくさん読まないことをお薦めする。また、まったく健全な人々だけが、感性に向けられたこの読章を使用してほしいものだ」などとある。ちなみに、先の二篇の詩はともに、この「第一読章　祈願行」に属する。

この『家庭用説教集』が出版された同じ年に、ある文芸誌主催の詩のコンクールで審査員になったブレヒトが、若い詩人たちの五〇〇篇を超す応募作品の山を前に、その一つとして、「有用でもなければ、美しくもない」とこき下ろし、すべて退けた話はつとに有名である。そこで彼は、「すべての偉大な詩は、記録的価値を持っており、そのなかには重要な人間である作者の話し方が含まれている」との見解を示した。そして、時代の要求する新しい批評の基準は、作品の使用価値であるとして、「それはだれの役に立つのかという問いが提起されるべきだ」と主張したのである。

こうしたブレヒトの考えは、生涯にわたって彼のすべての芸術・文化活動の基礎にある。やがてヘーゲルを読み、マルクスを学習するなかで、時代を認識し、社会を変革するための実践的ツールとして弁証法を獲得していくのである。

彼の弁証法理論の形成には、自然との関わりが大きく働いている。青春時代を過ごしたアウクスブルクで友人仲間たちとの豊かな自然体験があった。さらに第一次大戦末期には、当時ミュンヘン大学の医学部に籍を置いていたブレヒトは、召集されてアウクスブルク陸軍病院で衛生兵として働き、多くの死傷者たちを見てきた。また二〇年春には、病みがちだった母の死も体験している。生と死、自然の循環、万物に変化の相を見る冷徹なリアリストとしての目は、こうしたなかで育まれていったといえるだろう。

大いなる感謝の讃美歌

1

讃えよ、きみらをつつむ夜と闇を!

集《つど》い来たれ
天《そら》を見上げよ、
すでにきみらの日は没した。

2

讃えよ、きみらの傍らで生き、そして死ぬ草や獣たちを！
見よ、きみらと同じに
草も獣も生き
そしてきみらとともに死んでいくのだ。

3

讃えよ、腐肉から生え、歓びの声を上げて天に伸びる木を！
讃えよ、腐肉を
讃えよ、それを喰らう木を
だが天をも讃えよ。

4

讃えよ、心から、天の記憶力の悪さを！
天は知らない
きみらの名前も顔も
きみらがまだいることなど、誰も知らない。

5

讃えよ、寒さを、闇を、そして滅びを！
見上げてみよ、
きみらは問題じゃない
気づかいなく死んでいくがいい。

この詩は、『家庭用説教集』の第二読章（黙想＝精神の訓練）の最後に置かれている。ちなみに、

「使用の手引き」を読むと、「第二読章はむしろ知性に訴えるものだ。これを読むときは、ゆっくりと繰り返し、無邪気さを失わずに読もうとするのが有益である。詩の中に隠されている箴言《しんげん》や直接的な指示などから、人生についての啓示が得られるかもしれない」などとある。

一読して、讃美歌のパロディとみえる。しかし再度読み返せば、パロディに見られる風刺や滑稽味はない。元歌は、ドイツ改革派教会の牧師ヨアヒム・ネアンダーが作詞して、広く親しまれている讃美歌「讃えよ、主を、誉れ高い力強き王を……」である。この讃美歌の形式や話法を用いながら、ブレヒトはその中身を反転させ、キリスト教の世界観とは異なる世界観を提示している。褒め讃えよ、として挙げているのは、神とその栄光の日の光ではなく、夜と闇、滅びであり、創造主としての神に代わって、新しい生命の源泉として讃えるのは、腐肉である。地上の生きとし生けるもの、草も獣も、そして人間も、生成と消滅の有機的循環のなかにあることを冷徹に見る。腐肉を喰らい、新たな命を受け継いで、木が天に向かって成長する、その喜びを感謝とともに謳っている。永遠に変化し、変容し続ける自然の摂理を学ぶことから、ブレヒトの社会意識や歴史認識は形成されていったといえるだろう。

マリー・Aの思い出

1

青い月の九月のあの日に
若いスモモの木の下で、そっと
ぼくはあの子を抱いた、ひそやかな蒼い恋人を
腕のなかに、優しい夢を抱くように。
ぼくらの上の澄みきった夏空に
ひとひらの雲があった、それをずっとぼくは見ていた
とても白くて、おそろしく高いところに
また目をあげると、もうそこにはなかった。

2

あの日から、いくつもの歳月が
静かに流れ去った。
あのスモモの木は、おそらく切り倒されてしまったろう
そしてきみはぼくに問うのか、恋人はどうしてるって?
それなら言おう、ぼくはおぼえていないんだ。
むろんわかってる、だれのことかは。
でもその子の顔は、ほんとにもうわからない。
ただあの時、キスしたことはおぼえているが。

3

そのキスさえ、とうに忘れてしまっただろう
もしあの雲が、あそこになかったなら、
あれはまだおぼえてる、たぶんいつまでも
とても白く、高いところにあったから。
あのスモモの木はもしかしたらまだ花をつけているし

あの子もいまは、子が七人もいるかもしれぬ
でもあの雲は、ほんのつかのま咲いたきり
ぼくが目を上げると、もう風のなかに消えていた。

ブレヒトの詩の中でもっともよく知られた一篇である。ベルリンへ向かう列車の中で一気に書かれたとも伝えられる。マリー・Aは実在した恋人で、その名も特定されているが、この詩を理解するうえで必要ではない。

ノートに記された当初のタイトルは、「センチメンタルな歌、一〇〇四番」で、元歌として当時ドイツでも流行《はや》った失恋を歌ったフランスの流行歌があったようだ。しかし、この詩にはセンチメンタルな恋歌の片鱗も見えず、〈青い月〉など恋愛詩の常套句を織り交ぜながらも、明らかに旧態の恋愛詩とは違う。むしろそれをパロディ化し、きっぱりと決別する意図がうかがえる。

実らなかった恋を嘆き悲しむ気持ちや、青春の日の恋を感傷的に追憶するような態度は見られず、時間を止揚する愛の永遠性を歌ったものでもない。時は流れ、ものみな移ろう。かつての恋人の顔ももう思い出せない、とある。愛の痕跡はどこにも残されていない。一見確かな実在物と

みえたスモモの木（これはエロチックなメタファでもある）も、もう切られてしまったかもしれない、と。

この詩の美しさは、九月の夏空のはるか遠く、手の届かぬ高みに浮かんでいた一片の白い雲の形象にあるだろう。時を置かず、風に溶けて消えていった雲のはかなさ、その非実在性は、やはり移ろいゆく人と愛のはかなさを表象する。青春の日の愛の思い出の一瞬を、夏空に浮かぶ一片の雲の形象に昇華させたところに、この詩の美しさ、表現の見事さをみておきたい。

木グリーンへの朝の挨拶

1

グリーン、ぼくはきみに許しを請いたい。
ぼくは昨夜眠れなかった、嵐の音が大きくて。

外を見ると、きみが大きく揺れているのに気づいた
酔っぱらった猿みたいだ。ぼくはそう口にした。

2

今日は黄色い太陽が、きみの裸の枝に輝いている。
まだ少し涙を散らせているね、グリーン。
でもきみはいま知っている、きみがどんなに価値あるかを。
生涯でもっとも厳しい闘いを、きみは闘った。
ハゲタカどもがきみに目を付けていた。
ぼくはいま知った、きみは揺るぎないしなやかさによって
今朝も真っ直ぐに立っているのだと。

3

きみが成し遂げたことを目のあたりにして、今日ぼくは思う。
アパートの棟と棟の間で、そんなにも高く伸びるのは

ささいなことではなかった、グリーンよ、そんなにも高く
　昨夜のように嵐がきみに挑んでいけるほどに。

この詩の初稿は一九二四年、ブレヒトがミュンヘンからベルリンに移り住んだ年であるが、ここに訳出したのは一九五六年に改稿されたもの（旧全集に収録）である。やはり、『家庭用説教集』の第一読章に収められている。

ブレヒトの両親はドイツ南西部のシュヴァルツヴァルト（黒い森）の出身で、「母の胎内にいたとき／母がぼくを都会へ運んできた。森の冷気は／死ぬまでぼくの体内にあるだろう」と、自伝的詩「あわれなB・Bについて」でうたっている。ブレヒトの好んで用いた数々の自然形象の中でも、木は、ごく初期から晩年までその姿を変えつつ頻繁に登場する主要モチーフとなっている。例えば、初期の詩「ハゲタカの木のうた」では、野に立つ一本の木が、襲いかかるハゲタカの群れと勇者のごとく死闘を繰り広げ、遂に力尽きて死ぬさまが描かれている。

しかし、上記のグリーンと呼びかけられた木は、都会のアパート棟に挟まれるように立ち、大

木の趣はない。高く伸びた木は嵐に翻弄され、夜通し激しく揺れ動いていた。だが翌朝、嵐は去って朝日を浴びて木は真っ直ぐに立っていた。風雨に打たれ、もまれながらも、それにしなやかに適応することで嵐の暴力に打ち勝ったのである。

〈揺るぎないしなやかさ〉という言葉に注目したい。矛盾しあう意味の二つの語が結び合っている。真の強さは直立不動の姿勢からでなく、〈揺るぎないしなやかさ〉がもたらす、という実践知としての弁証法が、ここには例示されているのである。

ところで、ブレヒトの散文に『コイナさんの話』というのがある。これは、ブレヒトの分身と思われるコイナ氏、別名、〝考える人〟の折に触れての言動を集めた、という形式で書き続けられたものだが、その中に、「コイナさんと自然」と題する短文がある。書かれたのは一九三〇年代と推定されるが、この時期、亡命地にあって彼は、ファシズムとの困難な闘いを進めながら、初期の政治的未熟さを脱し、マルキシズムの学習にも本腰を入れて取り組んでいた。真のリアリストを目指して、理論と実践を積み重ねていった時期に当たる。これは、ブレヒトが弁証法的思考を展開しながら、自然観を語っている重要なメモと思われるので、以下、その全文を紹介したい。

自然に対する態度を問われて、コイナさんはこう言った。

「私は時おり家から歩み出ながら、二、三の木を見るのが好きですね。特に、木々が一日の時間やそれぞれの季節に応じて違って見えることで、リアリティの格別の度合いに達しているときは。実際、都会に住んでいて、いつも実用品ばかり見ていると、私たちはしだいに混乱してきますよ。家屋や道路など、こうしたものは人が住んでいないと空虚だし、使用されていないと無意味でしょうね。この独特の社会秩序は、私たち人間をも、そうした実用品の一部とみなしています。そこへいくと木々は、少なくとも家具職人でない私にとっては、なにか心落ち着かせる独立したものであって、私を度外視している何物かです。私は木が、家具職人にとっても役立てられない、なにか独自のものを持ってくれれば良いとさえ思いますね。」

「木々をごらんになりたいのなら、なぜあなたはときには野外へ行かないのですか」と尋ねられた。コイナ氏は驚いて答えた、「私は言いましたよ、私は家から歩み出ながら木々を見たいのだと。」

（コイナさんはまたこうも言った。「私たちに必要なのは、自然を倹約して使うことです。労働せずに自然の中にとどまっていると、病気のような状態になりがちですね、熱のようなものに襲われますよ。」）

ここでコイナ氏が勧めている自然との付き合い方は、先ず、自然を時間の推移の中で変化する相においてみること、第二に、現実社会と付かず離れずで自然に接すること、つまり、現実を離れて自然の世界に飛び込むのではなく、両者の境界域にあり続けることである。〈家から歩み出ながら〉という部分を強調（原文ではこの現在分詞句をイタリック体で表記）していることからもわかる。家の中にいて窓越しに木々を眺めるのではなく、野外に飛び出して見るのでもない、その中間地帯に留まることの勧めである。

また、労働せずに自然の中にとどまっていると病的な熱っぽい状態に陥る、と注意を喚起しているのは、ロマン派の自然崇拝を暗に揶揄し批判していると読みたい。自然界にとどまり病める状態に陥らぬために、労働、即ち、自然を倹約して使用することを勧めている。〈倹約して〉の意味するものは明確ではないが、いずれにしても浪費とは反対で、なにか明確な意識に支えられた行為であることは間違いない。

そして最後に、最も重要な指摘と思われるのが、自然を「実用品」とはなりきらぬ、独自の存在であり、そこに自然の本質的意味をみている点である。自然は、現実的効用をつねにはみ出すことによって、現実の効用性を批判し続ける。つまり自然は現実社会の意味（価値）を相対化する存在であり続けるのである。そのためには自然は不断に使用されねばならない。そのようにして自然と人間社会は互いに絡み合って動いていく。自然はたえず変化することによって生きる。人間はその自然の中に安住することはできない。人もまた自然と格闘しながら、立ち止まることなく、歴史を刻み続けるのである。

ブレヒトの初期の詩には、社会から追われ、自然のなかに定住しようとして破綻したアウトサイダーたちも多く登場する。新天地を求めて海に乗り出した冒険者たち、未開地で自然と闘い敗れた開拓者たちなど。彼らは一九二〇年代半ばに、続々と都市へ、現実の生空間の真っただ中に帰還する。詩の舞台のこの変遷は、一九二四年にブレヒト自身が、ミュンヘンから首都ベルリンへ居を移したこととも重なり合う。

かつての冒険者たち、アウトサイダーたちは、人間をも実用品にかえてしまう都市社会のなかで、どう生きるのだろうか。次章でみていきたい。

第2章　ヴァイマル共和国下、漂流する人びと

（『都市住民のための読本から』より）

1　（痕跡を消せ）

駅で仲間たちから離れろ
朝、上着のボタンをはめて市内に入れ
宿をさがせ、そして仲間がドアを叩いたら
開けるな、おお、ドアを開けるな
開けずに
痕跡を消せ！

もしきみの両親とハンブルクかどこかで出会ったら

素知らぬ顔で通り過ぎ、角を曲がってかれらを見るな
両親がくれた帽子を目深にかぶれ
見せるな、おお、顔を見せるな
見せずに
痕跡を消せ！

肉がおいてあれば、それを食え！　残したりするな！
雨が降ったら、どの家にでも入り込み、そこにある椅子に座れ
だが腰を落ち着けるな！　そして帽子を忘れるな！
言っておく、
痕跡を消せ！

何を言おうとも、それを二度は言うな
きみの考えを他の誰かが言ったら、きみの考えではないと言え。
署名をしなかった者、写真を残さなかった者

その場にいなかった者、何もしゃべらなかった者は
どうして捕まることがあろう！
痕跡を消せ！

死ぬつもりなら、注意せよ
墓標が立たぬように、墓標はきみの居場所を明かし、
刻まれた文字がきみを知らせる
きみの没年がきみの罪を証明する！
もう一度言う、
痕跡を消せ！

（そう教えられた。）

2（余計者について）

ぼくらはきみの傍にいる、その時きみは知る
自分は余計者だと
きみの希望が消えていく。
だがぼくらは
まだそのことを知らない。

ぼくらは気づく
きみが会話を急いでいると
立ち去っていける一言を
きみは探している
なぜならきみにとって大事なのは
目立たないことだから。

きみは座の真ん中で立ち上がり、
不機嫌に言う、出ていくと
ぼくらは言う、居ろよ！　そして知る
きみが余計者だと。
だがきみは座る。

つまりきみが余計者だとぼくらが知ったとき
きみはぼくらの傍に座っている。
だがきみは
もうそのことを知らない。

自分に言いたまえ、おれは
余計者なんだと
それをきみに言うこのぼくが
悪者だなんて思うな

斧をつかむのでなく
コップ一杯の水をつかめ。

ぼくにはわかる、きみはもう聞いちゃいないと
だが
大声で言うな、世の中が悪いなどと
小声で言え。

なぜなら四人が多すぎるのじゃなく
五人目が余計なんだ
それに世の中が悪いわけじゃない
そうではなく
いっぱいなんだ。

（そう言っているのを、きみは聞いた。）

3（クロノスに）

おれたちはおまえの家から出ていく気はない
かまどを壊すつもりはない
鍋はかまどに置くとしよう。
家と、かまど、鍋は、そのままでいい
おまえが消えるんだ、空に上る煙のように
煙をだれも留めはしない。

おまえがおれたちに縋《すが》りつく気なら、おれたちは出ていくさ
おまえの妻が泣くなら、おれたちは帽子を目深にかぶる
だがやつらがおまえを連れにきたら、おまえを指して
言うだろう、こいつに違いないと。

この先どうなるかわからないし、よりましなことも何もない
だがおまえはもういらない。
おまえが失せないうちは
明日にならぬよう窓を覆っておこう。

都市は姿を変えてもいい
だがおまえは変わってはならない。
おれたちは石を説得することだってする
だがおまえは殺すつもりだ
おまえは生きている必要はない。
おれたちがどんな嘘を信じるはめになろうとも
おまえはいなかったことにしなくてはならない。

（そのように、おれたちは父親たちと話している。）

集合！　なぜおまえは遅いんだ？　おい
待て！　ちがう、おまえじゃない、そいつだ！
おまえは失せろ、おまえのことはわかってる、無駄だぞ
取り入っても。待て、どこへ行くんだ？
やつの顔に一発喰らわせろ、おまえら！　そう
こんどはやつもわかっただろう。なに、やつはまだくっちゃべってる？
やつに説教しろ、やつはいつもくだらんことをしゃべる。
ここで大事なのは何かを、あいつに示してやれ。
どんな些細なことにもがなり立てられるなどと思っているなら
そんなやつは始末するんだ。
よし、やつを片づけたら、おまえらは
やつが残したものを運び込んでもかまわん。それを
おれたちはいただくとしよう。

都市について 2

数人が引っ越していく、かれらが通りを
半ば後にすると、壁紙が新しくなる
二度とかれらに会うことはない、かれらは
別の釜の飯を食う、かれらの妻たちは
別の男たちの下で、同じうめき声をあげる
あたらしい朝には
同じ窓から、顔と洗濯物が出ている
以前のように

ここに掲げた詩は、『都市住民のための読本から』と題する連作詩、及びそれに属する詩から選んだもので、いずれも一九二六、二七年頃に書かれた。連作詩は、通し番号のついた一〇篇から成るが、旧全集で表題付きのものは、その表題を括弧内に記した。

まず、「痕跡を消せ」の詩を見てみよう。駅は都市の入口である。駅に着き、仲間と離れ、都市に足を踏み入れた瞬間から一人の都市住民としての生活が始まる。その生き方への忠告が、〈痕跡を消せ〉である。まず身だしなみを整えることも、都市住民に紛れ込んで痕跡を消すために必要である。探す宿は一時的なねぐらで、生活の根を下ろすための「家」ではない。痕跡を残さず、いつでも立ち去れる仮のねぐらだ。

第二節では、両親と出会っても他人を装い、顔を見せぬことを勧めている。つまり顔を消すこと、個性をもった人間であることを放棄することで、痕跡を消すのである。

しかし、存在の痕跡を消すことを勧めてはいるが、存在そのものを否定しているのではないことは、第三節をみれば明らかだ。むしろ生きることに関しては、充分にしたたかであることを勧めている。

では、〈痕跡を消せ〉とは何を意味するのだろう。

W・ベンヤミンは、「これは非合法活動家のための指示である」と解釈して、こう述べている。

被搾取階級のための戦闘者は自国のなかでの亡命者だ、ということを忘れてはならない。洞察力を持ったコミュニストにとっては、ヴァイマル共和国での彼の政治活動の最後の五年間は、潜在的亡命を意味していた。ブレヒトはそういうものとして政治活動を経験した。このことが、この連作詩を成立させる身近な動機だったかもしれない。潜在的亡命は本格的亡命の先行形態だったが、非合法活動の先行形態でもあった。(1)

確かに、ナチスが政権を掌握して以後の国外への亡命者に先行して、ヴァイマル共和国末期には左右の政治的対立の激化に伴い、国内での潜在的亡命が始まっていたといえるだろう。ただ、この連作詩は、〈都市住民のための〉と題されていることからもわかるように、政治的亡命者だけを念頭に置いたものではなく、もう少し広範囲に二〇年代後半の都市社会の状況を考察したものとして見ていきたい。

この時期、ブレヒトは集中的に都市をテーマにした詩を書いている。都市への強い関心は、詩に一歩先んじて戯曲に結実した。急速に変化を遂げる大都市を舞台に、そこに生きる人間たちの葛藤が彼の中心テーマとなる。

第一次大戦に敗れたドイツでは、ドイツ革命により帝政が崩壊したが、その革命も短命に終わり、混乱の中からヴァイマル共和国が多難な出発をした。巨額の賠償金を課せられ、破滅的なインフレーションに苦しめられたが、そのインフレーションが終息し、相対的安定期と言われる時期に入った一九二四年に、ブレヒトはミュンヘンから首都ベルリンに移住する。その前年には、彼の三作目の戯曲『ジャングルで』（二七年に『都会のジャングルで』と改題）がミュンヘン・レジデンツ劇場で上演され、二四年にはベルリンのドイツ座でも上演された。このドイツ座の文芸部員としての職を得て、二六歳のブレヒトは、文化芸術の発信地としてヨーロッパの中心的地位を占めるまでに急成長したベルリンに、いわば満を持して乗り込んできたのである。すでに二作目の戯曲『夜打つ太鼓』で、クライスト賞を受賞し、劇作家としての地歩を固めていた。

『都会のジャングルで』という戯曲では、アメリカの巨大都市シカゴを舞台に、二人の男が格闘技さながらの闘争を繰り広げる。そして、「大草原から都会というジャングルにやって来た、ある家族の破滅」が描かれるが、この闘いの動機などは明らかにされぬまま、観客はこのデスマッチの行方を見守ることになる。

ブレヒトの日記を遡ってみると、こんな記述がある。

ぼくは、まだ誰も大都市をジャングルとして描写していない、という画期的発見をした。都市のジャングルのヒーローたち、開拓者たち、犠牲者たちはどこにいるのか？　大都市の持つ敵意、悪意に満ちた石のような堅固さ、バベルの塔を思わせる言語混乱、つまり、大都市のポエジーはいまだ創作されていない。（1921.9.4）

ジャングルとは未開の土地である。生存をめぐって弱肉強食の闘いが日々繰り広げられる。その有りようを、二〇世紀に入り、近代化と文明化が最も進んだ大都市での人びとの営みに重ね合わせてブレヒトは見たのである。

一九二〇年代、ベルリン市は地方からも、また国籍を問わず周辺国からも仕事を求めて大量の人びとが流入し、爆発的な人口増加を遂げていた。人口約三八〇万人を擁し、ロンドン、パリをしのぐ世界都市へと膨張していく。郊外には大規模な工場が立ち並び、大型のアパート群が密集していた。都心には大型商業施設が軒を連ね、街路に面したファサードこそ華やかで美しかったが、奥に入れば小さな中庭を介して裏屋が並び、騒音や悪臭に息詰まる有様だったという。大都市でも都市住民の間で弱肉強食の生存競争が熾烈に進行していた。すなわち、工場労働者などのブルーカラーに加え、いまやホワイトカラーの分厚い層が出現したのである。

一九二四年から二八年まで、公務員の数は五倍に増えたのに対し、労働者の数はやっと二倍になったにすぎなかった。ホワイトカラー族は一つの重要な社会階級に発展した。(2)

ホワイトカラー層は大別すれば、手工業者や小売商などの旧中間層と、公務員やサラリーマンが占める新中間層から成るが、大戦後、大企業が工場の拡張、近代化を進め、行政機構も急速に増加し肥大化するなかで、この新中間層の都市住民が急増したのである。

〝都会のジャングル〟の主役たちは、この分厚い中間層をなす大衆であった。大衆は名前をもたない存在である。かれらの間で強者と弱者は容易に入れ替わる。今日の勝者は明日の敗者になりうる。生存競争は階級闘争の色合いを強める。この同時期、大企業では、ベルトコンベア方式の導入による機械化、合理化も進行し、その結果、それまで中間層を自負してきたサラリーマンたちが、プロレタリア階層へと没落していったのである。

再び、連作詩『都市住民のための読本から』に戻ろう。

「読本」というと、教科書的なものを連想するが、この読本から都市住民が学ぶべきものは何なのか、その答えは直接的には示されていない。まずは都市住民の生態を冷徹に観察し報告している。

二つ目の詩（「余計者について」）に登場する〈余計者〉にあたる原語は、'das fünfte Rad' で、直訳すれば〝五つ目の車輪〟だが、これは〝グループ内で役立たずの余計者〟という意味を持つ。本人も仲間も、初めかれが余計者だとは気づかない。しかしわかってしまった以上、かれを許容することはできない。五人目は不要で立ち去るしかないのだ。早く事を決せねば、我が身にお鉢が回ってきかねない。ただ、この詩ではまだ、追われる者に対する仲間としての多少の心くばりが見られる。同情心も残っているようだ。コップ一杯の水を勧め、感情的にならずに冷静に事を理解するよう説いている。

しかし、三つ目の詩（「クロノスに」）になると、同居人を、有無を言わせず追放する。身一つで煙のように消えることが命じられる。だが、〈おれたち〉と〈おまえ〉とは、互いに知らない間柄ではなかったし、まして互いに敵対する階級に属する者同士ではなかった。つい先ごろまでは互いに仲間だったことがうかがえる。〈おまえの妻が泣くなら、おれたちは帽子を目深にかぶって〉顔を隠すし、このおれたちも、〈この先どうなるかわからないし、よりましなことも何もない〉と分かっている。だが、第一節から第四節に移るに従い、〈おれたち〉の態度は冷酷さを増す。第一節では、〈おまえが消えるんだ〉と命じるにとどまるが、二節目では、密告し、連行させる。第四節では、〈おまえは殺すつもりだ／おまえは生きている必要はない〉と、むき出しの敵意をみせる。

この詩を読むと、ナチス政権下でのユダヤ人迫害や反ナチの人びとへの弾圧が先取りされて描かれているようにも読める。しかし、ここではもう少し裾野を広げて、当時のプロレタリア化する中産階級と労働者階級、彼らの互いに激化する生存競争、階級闘争の日常を描くものとして読んでおきたい。

なお、旧全集でタイトルにあった「クロノス」は、ギリシャ神話の神である。父ウラノスから王権を奪ったが、のちに我が子ゼウスに王位を奪われる。〈おまえ〉と呼びかけられているのは、クロノスら父親たちで、父親殺しのテーマに通じるものが連想される。

一九二〇年代後半は、一般には、相対的安定期といわれながらも、この〝安定〟はきわめて不安定なもので、ドイツ経済は病的ともいえる一進一退の好不況を繰り返し、二六年末の失業者数は二〇〇万人に達したという。こうした背景を受けて、分厚い中産階級の中にも深い亀裂ができ、他方、労働者階級も分裂状態にあった。そうした社会状況を念頭に置くと、これら一連の詩の理解が深まるように思われる。

詩「集合！……」においては、さらに暴力性と残酷さがエスカレートし、むき出しの敵意が横行する状況にある。没落した市民階層は、経済的にはプロレタリア化しながらも、意識においてはプチブル的イデオロギーを放棄せず、自己保存のために、プロレタリアから自分たちを明確に区別することに固執する。そしてプロレタリアートというものに対して、激しい憎悪や軽蔑の感情を抱くようになった、と指摘するのは、当時のドイツを代表する反骨のジャーナリスト、K・トゥホルスキーである。彼は、市民階層の感性的粗暴さはこの時代の特徴である、とも述べている(3)。

詩「都市について 2」では、都市住民はもはや個人としての顔を失っている。壁紙を取り換えるように住人は入れ替わる。人としての痕跡は何も残らない。また朝が来て、窓辺に掛かる洗濯物と同等なモノに成り下がっているのか、窓から覗く顔は、大衆の一構成単位にすぎない。名もない、人間としての存在を奪われた者たちは、いったいどこへ行くのか。風に吹き流されるようにして、群を成し、ナチスの懐《ふところ》へと行き着いたであろうことは、想像に難くない。

いったいヴァイマル共和国とは何だったのか。

再びトゥホルスキーの言葉に耳を傾けて、考えてみたい。

完全な真空状態。これこそ一九一八年十一月当時（ドイツ革命により帝政が崩壊し、ヴァイマル共和国が誕生した――引用者注）のドイツそのものであった。すべての人びとは、母親が家出したあとの子供たちのように、右往左往していた――みんな自由ではあった。が、思い切ったことをやる勇気はまるでなかった。やがて革命はサボられてしまった。……内気な共和主義者たち、いや、はっきり言おう、帝王を持たぬというだけの内気な帝政論者たち、この新しい男たちは海上を漂う薄い油の膜みたいだった。やがて反動家たちの巨大な波浪が押し寄せてきた。するとかれらはそれと一緒に動いた。この共和国はただの一度も、自分の権力を自分の手でほんとうに確立することを理解することがなかったのだ。(4)

（注）

（1）ヴァルター・ベンヤミン「ブレヒトの詩への注釈」野村修訳（『ベンヤミン著作集9　ブレヒト』所収）

（2）ジークフリート・クラカウアー『カリガリからヒトラーへ』丸尾定訳、みすず書房、一九七〇年。
（3）クルト・トゥホルスキー『ヴァイマル・デモクラシーと知識人　1919―1928年論集』野村彰編訳、ありえす書房、一九七七年。
（4）同右。

インテルメッツォ（1）風刺詩

抒情詩人たちの歌

（二〇世紀が三分の一経ち、もう詩に金が支払われなくなった時）

1

あんた方がここに読むものは、韻文で書かれている！
それを言うのも、おそらくあんた方はもう知らないからだ
詩とは何であるか、詩人とは何なのかも！
じっさい、ぼくらへの扱いは褒めたものではなかった！

2

ところで、何も気づかなかった？　何も疑問に思わないか？

もう長いこと詩が姿を見せないのは変だと思わなかったのか？
なぜだかわかるか？　よろしい、教えてあげよう、
昔は詩人の書いたものを読んだし、金も払った。

3

今日日《きょうび》もう詩には金が支払われない。そうなんだ。
だからもう詩も書かれない！
つまり詩人は問う、だれが金を出す？　それに、だれが読む？
支払われなけりゃ、詩は作らない！　そこまで追いやったのはあんた方だ！

4

だがなぜだ？　詩人は問う、ぼくが何をしでかした？
いつだって金を出す人が望んだことをしたじゃないか？
ぼくが約束を守らなかったことがあるか？
今では絵を描く人たちからも耳にする

5

絵がもう買われないと！　絵だって
いつももてはやされていたのに！　今じゃお蔵入り……
なにか文句でもあるのか？　なぜ金を出そうとしない？
本を読むと、ますます富を増やしているそうじゃないか……

6

ぼくらは腹が満たされていれば、この世であんた方が
味わった喜びのすべてを、歌に詠んだではないか？
いま一度それを楽しめるように、女たちの肉体を！
秋の憂い！　小川、それが月光を浴びて流れるさまを……

7

あんた方の果実の甘美さ！　落葉のかそけき音！

再び女たちの肉体！　あんた方を覆う目に見えぬものを！
いつの日か寿命が尽きるとき
あんた方が塵と化すことについての思いも！

8

その他のことにも進んで金を出した！　あんた方みたいに
金の椅子に座ってはいない人びとに語ったことにも
いつも金を出した！　涙を乾かす詩に！
あんた方に傷つけられた人びとを慰める詩にも！

9

いろんなことをぼくらはやった！　拒むことは一度もなかった！
たえずぼくらは従った！　せいぜいこう言っただけ、金を払ってくれ！
どれほどの悪行を、ぼくらはしでかしたことか！　あんたらのために！
どれほどの悪行を！　そしていつも食事の余り物に甘んじてきた！

10

ああ、あんた方の汚物と血に沈み込んだ車を引っ張るため
ぼくらはいつだって大仰な言葉を費やした！
戦いの屠殺場は〝栄誉の戦場〟と、
大砲は〝鋼鉄の唇をもつ兄弟〟と呼んだりした。

11

あんた方のために税金を要求する紙片には
びっくり仰天する絵を描いた
ぼくらの煽る歌をがなりながら
人びとはくりかえし税を払った！

12

ぼくらは言葉を研究して、麻薬みたいに混ぜ込んだ

そして最高のとびきり強烈な言葉だけを使った
それをもらって吸い込んだ人びとは
あんたらの手の内で、羊のようだった！

13
あんた方のことをいつも望むものにたとえてやった
たいがいぼくらみたいに空きっ腹でパトロンの周りをうろつく連中から
不当に称賛されてるような輩《やから》にだ
そしてあんた方の敵を、匕首《あいくち》のような詩で責め立てた。

14
なぜ急にぼくらの市場を訪れなくなった？
いつまでも食卓に陣取っているな！　残り物が冷めてしまう！
なぜぼくらに何も注文しないんだ？　絵も？　褒め歌も？
ありのままがいいなどと、急に思っているのか？

15

気をつけろ！　あんた方はぼくらなしではやっていけない！
どうしたらぼくらに目を向けてくれるかさえ分かれば！
旦那方よ、ぼくらは今や値下げすると信じていい！
もちろんぼくらの絵や詩を、ただで進呈することはできないが！

16

あんた方がここに読むもの（ああ、読んでいるかな）を書き始めたとき
三行目ごとに韻も踏もうと思った
だがそれはぼくの手に余った。白状したくないが
それにだれが金を払う？　と思って、止めにした。

この詩は、一九三〇年に書かれた。この数年後に、『新しい批評への要求』と題するエッセイで、

ブレヒトはこう述べている。

我々は、美的な輝きをもって形づくられたものは虚偽かもしれぬ、という状況に生きている。真実が美として感じ得ない以上、もはや美が真実として我々の前に現われるわけがない。美は徹底的に疑ってみる必要があるのだ。

〈真実が美として感じ得ない状況〉と彼の言う一九二〇年代後半は、二つの世界大戦の狭間にあって〝相対的安定期〟とも言われ、さまざまな新しい大衆文化が花開いた。しかしその一方で、ヴァイマル共和国の基盤は空洞化し、政治的社会的対立が激化していた。社会の不調和や緊張をはらんだ詩のありようは、従来の伝統的な詩とは内容的にも形式的にも相容れないものとならざるをえない。詩はだれの役に立つのか、詩の価値基準はどこに置くべきかという問いに、詩人は真摯に向き合う必要に迫られたのである。

この詩は、もはや詩に金が支払われず、用済みとなってしまった詩人たちの悲憤の声を謳っている。脚韻を踏んで形式を整え、陳腐で大仰な表現を用い、感嘆符を多用して精一杯かつてパトロンであったブルジョア階層の人びとに訴え、彼らの心変わりに恨みをぶつける。しかし、相変わらず自然の美や褒め歌を歌うことで権力者たちの意に沿い、歓心を買おうとしてきた詩の在り方が、もはや通用しなくなったことに気づかぬ抒情詩人たちの狼狽ぶりを、ブレヒトは風刺し、笑い飛ばしてみせる。と同時に、詩は非政治的なものと思いこんで営まれてきた詩作が、じつは権力者層の手の内にあって、生殺与奪の権を握られているという詩芸術の存立基盤を、暴いて見せたともいえよう。

第3章　ファシズム前夜、そして……

焼け石に一滴の水のバラード

1

夏が来て、夏空は
きみたちにも光かがやく。
水はぬるみ、あたたかな水に
きみらも寝そべる。
緑増す草原にきみらは
テントをはった。道々に
きみらの歌声が聞こえた。森は
きみらを受け入れる。だから

みじめさは終わったのか？　改善は始まったのか？
きみらへの配慮はあるか？　安心できるか？
つまり世界はもう良くなるのか？　ちがう、
それは焼け石に一滴の水だ。

2

森は、追放された人びとを受け入れた。美しい空は
あてもない人びとを明るく照らした。夏のテントのなかで
暮らす人は、ほかに住む家がないのだ。あたたかな水に寝そべる人は
食事をしていない。
通りを行進する人びとは、ただ
仕事をもとめて、止むことのない行進を続けていた。
みじめさは終わっていない。改善は始まらなかった。
きみらへの配慮はない。それは焼け石に一滴の水だろ？
つまり世界は良くなるのか？　ちがう、

焼け石に一滴の水にすぎない。

3

きみらは輝く空で満足なのか？
あたたかな水はきみらをもう手放さないか？　森は
きみらをおいてくれるか？
きみらは食事を与えられているか？　なぐさめられたか？
世界はきみらの要求を待っている
きみらの不満が，提案が必要なんだ
世界はきみらを見ている，最後の希望をもって。
　きみらはもうこれ以上満足していてはいけない
　焼け石へのそんな一滴の水で。

ヴァイマル共和国末期の一九三一年に書かれた。二九年にニューヨークに端を発した世界恐慌に直撃され、街に失業者があふれるなか、ナチス党が爆発的に勢力を拡大させていた。三二年末には、党員数は一五〇万人を超え、三三年一月の政権掌握へとなだれ込む。ヒトラー率いるナチス党の正式名称は、「国民社会主義ドイツ労働者党」である。〝社会主義〟の文字と〝労働者党〟の呼称に改めて注目したい。失業や生活にあえぐ労働者たちは、巧みなプロパガンダに煽られ、やつぎ早に繰り出された革新的な政策に目を眩まされて、ヒトラー政権に明るい未来を夢見たのだろうか。

夏空の下、水遊びやキャンプに興じる若い善男善女たち、彼らは明日の世界が戦火に包まれることを予感すらしていない。

詩の民衆性を重んじたブレヒトは、伝統的な詩形式を好んで用いた。民謡やバラード(物語詩)、ベンケルザング(大道芸人の歌)など、抒情詩のもっとも単純でありふれた形から始めることで、つまり過去に遡ることで、いつも前進をものにしてきた、と彼は語っている。

この詩でも、三つの詩節に反歌を付けるというバラードの形式をとりながら、しかし、その機能は大きく異なる。三つの反歌は単なるリフレインでなく、畳みかけるような問いかけが、節を追うごとに鋭さを増す。そして、読者にくりかえし思考を迫る、焼け石に一滴の水ほどの改善で満足なのかと。

◇

ファシズムがドイツでますます力を増して
労働者までもが大挙して、ファシズムになだれ込んでいったとき
おれたちの闘いはまちがっていた、と分かった。
赤いベルリンを、ナチスが四、五人で連れだって我がもの顔に歩いていた
新しい制服を着て、おれたちを殴り殺した
同志たちを。(1)
斃《たお》れたのは、おれたちの仲間や国旗団(2)の人たちだった。
そこで社民党の同志たちに言った、
やつらが同志たちを撲殺するのを我慢しろというのか?
いっしょに反ファシズム闘争同盟で闘おう! と。
返事はこうだった、

きみらと一緒に闘うこともあろう、だがわれわれの指導者は
白色テロに対抗する赤色テロはおこすなと言っている、と。
おれたちは言った、新聞は毎日、個人テロには反対だと書いた
だがこうも書いた、おれたちが成し遂げるには
赤色統一戦線によってしかない、と。
同志たちよ、いまこそ分かってくれ、年々きみらを
あらゆる闘争から遠ざけていく、こうしたより小さな悪[3]は
次はきっとナチスを容認することになるだろうと。

だが工場やどこの失業保険局でも
おれたちが労働者に見たのは闘う意志だった。
ベルリン東部でも社会民主主義者たちは
おれたちに〝赤色戦線[4]〟の挨拶をおくり
反ファシズム行動のプラカード[5]も持っていた。
居酒屋では議論の夕べに人があふれていた。

それですぐさまナチスは
おれたちの通りを一人で歩くことはしなくなった
なぜなら少なくとも通りは、おれたちのものだから、
やつらが家は奪おうとも。

［原注］

（1）ヴァイマル共和国末期、一九三二年七月の総選挙の前哨戦で、六、七月にはナチ突撃隊の引き起こす流血の市街戦が激しさを増し、この選挙日までに死者百人、重傷者は数千人に及んだ。その頂点が、「アルトナの血の日曜日」と呼ばれる事件で、七千人の突撃隊員がハンブルクの赤の地区を通り抜け、その後には死者一七名と百名を超す重傷者を残したという。この七月三一日の総選挙で、ついにナチ党が第一党となる。

（2）「国旗団」は、社会民主党の青年層を中心として一九二四年に結成した、ヴァイマル共和国を守る準軍事組織。

（3）〈より小さな悪〉とは、ドイツ社会民主党の政策を示す。社会民主党は、〝より大きな悪〟であるヒトラーの権力掌握を阻むために、〝より小さな悪〟を容認する政策を取る。それにより、ブリューニング（中央党）内閣の、議会を無視して大統領緊急令を乱発する独裁政治を許した。しかし、ブリューニング政府を最大の敵とみていたドイツ共産党は、社会民主主義を〝社会ファシズム〟と規定し、社会民主党を激しく攻撃した。双方の対立と反目は激化する。

〝より小さな悪〟という言葉は、選挙戦で政治のスローガンとして使われた。

（4）赤色戦線とは、ここでは挨拶の文句であるが、同時に、「赤色戦線戦士同盟」（一九二四年結成の共産党の防衛組織）の略称でもある。
（5）一九三二年五月、ナチスがプロイセン州議会で共産党会派を襲った流血事件の後、共産党中央委員会は〝反ファシズム行動〟を呼びかける。ヒトラーファシズムのテロルを打破し、ナチスの権力掌握を阻むための広範な統一戦線を目指した。プラカードは、〝反ファシズム行動〟と書かれた赤い浮輪の中に二本の赤旗が描かれている。

ハンナ・アーレントは、「より小さな悪に抵抗しないならば」（一九四二年）と題するエッセイで、ドイツ人はヒトラーというより大きな悪を避けるためとして、大統領選でヒンデンブルクという小さな悪に投票し、その後ヒトラーをさほど悪くないとみなし、ユダヤ人は、ヒトラーを追い払うにはムッソリーニと手を組むのが一番と信じて、イタリアのファシズムを弁護した、と指摘して、こう結論づけている。

より小さな悪を選んだ政治は、これまで常に大きな古い悪にしがみついて、そうすることでさらに大きな新しい悪への道をととのえるという、じつに始末の悪い傾向をもっていた。恐怖心から、より小さな悪をなにか善いものであるかのように言いくるめる嘘をついていると、結

局は人びとから善悪を弁別する能力を奪うことになる。(1)

（注）

（1）ハンナ・アーレント（矢野久美子ほか訳）『反ユダヤ主義——ユダヤ論集1』みすず書房、二〇一三年、所収。

◇

きみは黙り込んでしまった、友よ

ぼくらの出す要求には
きみの名前がない。つまり、きみは
暴力に疲れたか、それとも
ぼくらに絶望したかだ。いったい
何があったんだ?
きみは新しい服を着ている
きみは新しい住まいに引っ越した

その服はどこから手に入れた?
住まいは誰が金を払ってる?
友よ、きみの沈黙に報酬を支払うのは誰だ?　そして
きみの今度のスピーチには、誰が金を出す?

きみのスピーチは、相変わらず心ゆさぶる
きみの出す要求は手厳しい
きみは新しい役目を引き受けた、だが
きみは新しい服を着て、新しい住まいに住んでいる。

客観的な人びとに対して

1

不正と闘う人びとが

負傷した顔を見せると
安全なところにいた人びとのいらだちは
大きい。

2

なぜきみたちは不平を言うんだ、と彼らは問う
きみたちは不正と闘った、いま
不正がきみたちに勝った、だから黙れ！

3

闘う者は、負けも受け入れねばならぬ、と彼らは言う
闘いを挑む者は、危険を冒す
暴力をもって行動する者は
暴力を咎《とが》めることはできない、と。

4

ああ、安全を確保している友人たちよ、
なぜそんなに敵意をみせるんだ？　ぼくらは
きみたちの敵なのか、不正の敵であるぼくらが？
不正と闘う者が負けても、
不正が正しいわけじゃない！

5

ぼくらの敗北は、つまり
卑劣さと闘うぼくらが
少なすぎることの証明にすぎない！
ぼくらが傍観者たちに期待するのは、
せめて恥じ入ってくれることだ。

この二篇とも、一九三三年頃に書かれた。左右の政治的対立が、頂点に達していた頃である。その渦中での人びとの行動や心理が、浮き彫りになってくるような詩である。

対立や反目は、ナチスと反ナチとの間にとどまらず、反ナチス勢力の内でも、共産党と社会民主党の間で、そしてその党内でも上層部と末端の労働者たちの間で激しさを増していた。

詩「きみは黙り込んでしまった、友よ」を読むと、昨日まで仲間だった友の変節や、組織内での不和、軋轢の嵐が、日々吹き荒れていたことが想像される。

「客観的な人びとに対して」の詩では、いわゆる〈客観的〉とみられる人びとの立ち位置が、本当のところは何を示すのかを考えさせられる。政治的抗争の外に立つ圧倒的多数の人びとは、安全な場所から対立抗争の行方を見守りつつ、公平な判断を下そうというのか、あるいは、争いの勝敗を見極めて後、勝者に理ありとして勝者に賛同し、敗者を責めるのか。いつの時代でも起こりうる問いである。ブレヒトは、勝ち負けの結果ではなく、何が正しいかを自ら判断し、選び取ることの大切さを、傍観する人びとに訴えているのであろう。

もっぱら混乱が増していくので
階級闘争の吹き荒れるぼくらの都市で
ぼくらの何人かは決意した
もう語るまいと、港町のことや屋根の雪、女たち
地下貯蔵庫の熟れたリンゴの匂い、肉感など
人間をまるくし、人間的にするもの一切を
その代わり、ただ混乱についてだけ語ろうと
だから一面的になることを決意した、うるおいなどなく
政治の仕事にかかずらい、無味乾燥で、《品位に欠けた》
弁証法的経済学の語彙にまみれることを
それというのも、降りつもる雪とか（それはたんに冷たいだけではなかろう）
搾取、肉欲の誘惑そして階級裁判など
この恐るべきごた混ぜの同時存在が
世界の多面性だと肯定したり、この血なまぐさい生の矛盾を

楽しんだりする気持ちを、生じさせることのないようにするためだ
きみたち、わかってくれ。

一九三七年頃の作である。混乱が拡大し、階級間の血みどろの闘いが進行しているさなかにも、自然は相変わらず美しく、自然の実りは熟した甘い香りで、人びとの感覚を楽しませる。それを享受することは、この残酷な同時存在を是認することにつながるがゆえに拒否し、香り高い〝高尚な〟言葉とは縁遠い、無味乾燥な言葉で、この政治的混乱についてのみ語ることを決意した、というのである。

形式においても、この詩に見られるように節の区分もなく、散文詩のような長詩が多く見られるのも、亡命期のブレヒトの詩の特徴である。

これを進歩と見るか、後退と見るか、詩の豊かさや貧しさの問題として捉えるのか、評価は分かれる。いずれにしても、詩の良し悪しを、歴史的視点を欠いた固定的な文学観のものさしではかるのは不毛である、との認識を彼は述べている。

ブレヒトは常に、その時々の現実に文学がどう対峙し、いかに有効に働きうるかという実践的

視点をもって文学と関わってきた。そこから彼の文学は、歴史的産物としての刻印をはっきりと帯び、同時に新しい文学の在り方を模索し、創造してきたのである。

第4章　ヒトラー政権の誕生――亡命期（1）

『たいまつ』八八八号（一九三三年一〇月）に載った一〇行詩の意味について

第三帝国が樹立されたとき
雄弁家から届いたのは、ほんの短いメッセージだった。
一〇行の詩にして
かれは声を上げ、ただ嘆いていた
自分の声が十分でないことを。
残虐行為はあるところまでいくと
先例がなくなる。
蛮行はいや増し

悲痛の叫びは途絶える。
犯罪が大手を振って通りを歩き
ことばで記されたものを声高にあざ笑う。

首を絞められる人の
ことばは喉に詰まったままだ。
静けさが広がり、遠くからは
同意しているようにみえる。
暴力の勝利は
決定的と思われる。

切断されたいくつもの身体だけが
そこで犯罪が暴れまわったことを告げる。
荒廃した居住区を覆う静けさだけが
凶行を知らせている。

では闘いは終わったのか？
悪行は忘れられるのか？
殺された人びとは埋められ、証人は猿ぐつわをかまされるのか？
不正が勝つのか、不正なのに？
悪行は忘れられるかもしれない。
殺された人びとは埋められ、証人は猿ぐつわをかまされるかもしれない。
不正が勝つことはある、不正なのに。
弾圧が食卓につき、食事をわしづかみする
血ぬれた手で。

だが食物をあえぎながら運ぶ人びとは
パンの重さを忘れない、そして空腹という言葉が禁句にされると
空きっ腹はいっそううずく。

空腹だといった人は撲殺された。
弾圧だと叫んだ人は猿ぐつわをかまされた。
だが利子を支払う人びとは、暴利を忘れない。
弾圧された人びとは、首筋に受けた足蹴《あしげ》を忘れない。
暴力が極みに達するまえに
あらたに抵抗が始まる。

雄弁家が、声が無力であることを
詫《わ》びたとき
沈黙が裁判官の机の前へ歩み出て
顔から布を取り除き、
自らを証人として知らしめた。

先ず詩のタイトルの説明から入りたい。『たいまつ』（Die Fackel）とは、オーストリアの作家・批評家カール・クラウス（一八七四―一九三六）が、一八九九年にウィーンで創刊した諷刺批評誌である。クラウスは自ら発行人となって、一九一二年以降はすべて一人で執筆し、死の年一九三六年に至るまで三七年間にわたって、精力的に社会批判、文化批評を展開した。発行部数は最盛期には三万に及んだ。

しかし、その『たいまつ』誌が一九三二年一二月末に、八八五号―八八七号の合併号を発刊した後、途絶えた。翌一九三三年一月にはヒトラー政権が誕生する。そして九カ月の中断の後、一九三三年一〇月に八八八号が発刊されたが、これがわずか四頁というもので、その最終頁にいちだんと小さな活字で、わずか一〇行の詩が掲載された。クラウス自らが沈黙を宣言する詩であった。その詩を次に紹介する。

問うてくれるな、この間ずっと私が何をしていたかと。
私は沈黙したままだ、
そして、そのわけは言わない。
静寂があるのは、地球が音をたてて砕けたから。
このありさまを的確に言う言葉がなかった、

人びとが語るのは寝ぼけたことばかり。
そして光り輝いていた太陽を夢みる。
時は過ぎ去り、
そのあとのことはどうでもよかった。
言葉は眠り込んだ、あの世界が目覚めたとき。
（カール・クラウス）

これを読んだブレヒトが、クラウスへの返事として書いた詩が、冒頭の詩である。第一節にある〈雄弁家〉とは、むろんカール・クラウスを指している。ちなみに、クラウスは執筆活動のみならず、講演会や戯曲の朗読会なども精力的に開催し、喝采を博していた。

当初この詩は、「カール・クラウスへのアピール、ならびに、悪行は忘れられるのか？」と題して、より辛辣な書き方を構想していた。完成した詩はおそらくクラウスへの公開書簡の代わりとなったものとみられる。このブレヒトの詩は、「カール・クラウスの六〇歳の誕生日に寄せて」と題する、クラウスの友人たちが編んだ冊子（一九三四年八月、ウィーンで発行）に掲載された。

『たいまつ』誌は、第一次大戦中は最も重要な反戦機関誌の一つであり、それ以後もこの個人誌を舞台に、クラウスはいかなる政党派にも属さぬことをかかげ、一匹狼として果敢に社会や政治の退廃を糾弾した。彼の批判の矛先はとりわけ新聞や司法、道徳、技術の分野の言説に向かい、それらの常套句や文体を調べ尽くして、諷刺的に暴露し批判する手法を展開した。ことばを唯一の闘いの武器として、一切の妥協を排し、激しく社会や文明の堕落を批判してきたそのクラウスが、いまナチス政権樹立を目の当たりにして〝沈黙〟を宣言する。この沈黙宣言は、ブレヒトにも強い印象を与えたという。

クラウスはこの一〇行詩で、沈黙のわけをこう述べる。〈地球が音を立てて砕けたから。／このありさまを的確に言う言葉がなかった〉と。そして、〈あの世界が目覚めたとき、ことばは眠り込んだ〉と。むろん、〈あの世界〉とは、ナチズムが隣国ドイツで政権を獲得したことを指す。そのありさまを〈地球が音を立てて砕けた〉と形容したが、その意味するものを的確に表現できる言葉がなかった、と言う。まさに雄弁家がことばを失った表明と読める。

〈問うてくれるな……／私は沈黙したままだ〉と言うクラウスに対し、ブレヒトは激しく問う。

そして沈黙がもたらすものを明らかにする。ナチスの悪行に対し、人びとは当初声を上げた。しかしその残虐行為が次第にエスカレートし、先例を見ないまでに増大すると、人びとの嘆きの声はひそみ、静けさが広がる。蛮行が大手を振って町中を闊歩《かっぽ》し、勝利を手中にする。

〈では闘いは終わったのか？〉とブレヒトは問う。この第五節は九行にわたり、第四節までの状況報告から一転して、たたみかけるように次々と問いを発していく。〈悪行は忘れられるのか？不正が勝つのか、不正なのに？〉と。そしてその答えはこうだ。〈悪行は忘れられるかもしれない。……不正が勝つことはある、不正なのに〉と。

だがこれは彼の現状認識であり、むろん現状の肯定ではない。まして最終結論でもない。現状を直視したうえで、そのなかから新たな答え、すなわち状況を打破する可能性を模索し、提示する。それが第六節以下に書かれてある。第七節の連続する一行一文が力強さを増し、抵抗の始まりを確信させる。

亡命期の、特に一九三〇年代の詩を見ると、しばしばこのように問いと答えを重層させていく弁証法的な論理展開を好んで用いている。状況を認識し、その中から変革の手がかりを探っていく試みに読者を巻き込んでいくダイナミズムが、強く感じられる。

クラウスのこの一〇行詩に対しては、反ファシズム亡命誌などから激しい批判が浴びせられた。クラウスはこれらの批判文を、『たいまつ』八八九号（一九三四年七月）に、「カール・クラウスへの追悼文」と題して、一切のコメントなしに掲載した。これもまた、引用自身に語らせる、あるいは自分自身をも批評、諷刺の対象とするクラウスの常套手法であろうか。さらに間をおかず、同月末には、『たいまつ』八九〇―九〇五号の合併号を、「なぜ『たいまつ』は発行されないか」と題して発行している。まさに人を食ったような挑発的な企てともみえる。ブレヒトはこれに対して、「善良で無知な人の急速な没落について」と題する詩で、クラウス批判を展開した。

一時期、オーストリア社会民主主義に接近することもあったカール・クラウスだが、ブルジョア社会に敵対する一方で、二〇年代後半には次第に右派の立場からの社会民主主義批判も強めていった。一九三三年三月にはオーストリアでも、ヒトラー・ナチズムの脅威から守るという口実の下、国民カトリック派のファシストであるE・ドルフスを首相とするファシズム独裁政権が誕生したが、反ヒトラーを謳うがゆえに、クラウスはこれに支持を表明する。また、一九三四年二月にウィーンの労働者が蜂起した際にも、これを武力鎮圧して多数の死傷者を出した政権を擁護した。ドイツナチズムからオーストリアを守る〝救い手〟としてドルフスを正当化し、オーストリア・ファシズムを、〝よりましなもの〟とみなしたのである。

真実を知らない無知な人たちの善意というものが、いかに成り行き次第で抑圧者の側にも立つ、あやふやな地盤に依って立つものであるかを、ブレヒトは、「善良で無知な人の急速な没落について」の詩で指摘している。

『たいまつ』誌は、クラウスの死の年一九三六年に九二二号が出て終わった。

なお、K・クラウスの研究家でもある池内紀によると、クラウスの『第三のワルプルギスの夜』というナチズム批判の書が、戦後の一九五二年になって初めて刊行されたが、実はこれをクラウスは一九三三年に書き上げたが、刊行寸前に断念し、その代わりに先の一〇行詩の八八八号を出したのだという。池内はこれらの事情について詳しく紹介し、左翼陣営からの一方的なクラウス批判に異を唱えている。（池内紀著『カール・クラウス　闇にひとつ炬火あり』講談社学芸文庫、二〇一五年）

では、あの一〇行詩での沈黙宣言は、単なる偽装工作だったのか。あるいはジャーナリズムの反応をあぶり出し、諷刺する意図もあったのか。クラウスの真意は測りかねる。ただ、雄弁家の突然の沈黙宣言が、あの一九三三年という、ドイツでナチスが権力を完全掌握した状況下でどう作用したのか、ナチスと闘う人びとにどんな影響を与えたかについては、検証されねばならないだろう。ことばが無力だから沈黙する、と表明することは、ジャーナリスト、文化人、知識人としてのいわば敗北宣言であり、それこそがナチスの思うつぼである。

冒頭のブレヒトの詩の最後の場面が印象的である。〈顔から布を取り除き〉という語句があるが、これは正義の女神ユスティティア像が、公平な裁きを行うために目隠しをしていることを暗示させる。しかしここでは、その目隠しの意味は反転する。顔を隠していた〝沈黙〟が、裁判官の前に自ら証人として歩み出て、顔の覆いを取り除き、ナチスの暴虐を告発する。顔を晒す行為こそが、最も雄弁にナチスの非道を物語る。自分の空腹を満たすことはないパンを運ぶ人びとのあえぎ、首筋を足蹴にされた人びとの消えぬ痛み、そこからあらたに抵抗が始まる。そこからしか確かな抵抗は生まれないと、この詩は語っているように思われるのである。

わいろの利かない検事が

法典を手にして
古めかしい法廷に立った
深いくぼみのある机に
そのくぼみは検察官らの肘でできたものだったが
その机の上に撲殺された男の血の付いた靴があり
検事が陳述を始めようとしたとき
兵士らが、かれの肘の下の机をかたづけ
かれの目の前で、その靴をゴミに放り出した
かれの手から法典をもぎとり
その代わりに新しい法律が載った新しい本を渡した。

だが傍聴人たちは部屋から出て行った
そそくさと、恐怖の面持ちで、あるいは仕事が忙しいそぶりをみせて。

新しい法典をめくり、検事は
いつものページになじみの言葉があるのを認めたが、ただ
その言葉があらわすものは、まったく別ものだった。つまり
殺人者が今や、殺害された者となった。荒らされた住居は
建て替え中とあった。略奪とは
犠牲者たちからの受領、を意味した。強制的が、自発的、となっていた。
横暴をはたらいた者は、責任を果たしたのだと。
しかしその者に財産のゆくえを尋ねた男は
扇動者と呼ばれた。同様に
真実がいまや嘘となった。ほかにも多くの言葉が
変えられた、だが
消えてなくなったわけではなかった。

ひどく狼狽して、検事はその新しい法典をくまなく調べた。
となると正義はまだあるのか？　かれは考えた。

別ものになっただけなのか?
それは考えられる。すべてが変わるときには
法だって変わることもあるんだ!　そうだろ?

これは一九三四年ごろに書かれた詩で、詩の一行目がタイトルを兼ねる。古今東西を問わず、時の権力者は民衆を支配下に治め、野望を成し遂げるために、事実の隠蔽や歪曲、でっち上げなど、情報操作に力を注いだに違いない。ドイツの一二年に及んだヒトラー政権のもとでは、それはすさまじいまでに暴力性をおびたものであった。

一九三四年四月にナチ政権は、悪名高き「人民裁判所」(反逆罪などを裁く特別法廷)を設置した。同年一二月には、「国家や党への悪意ある非難攻撃」を厳格に処罰する新たな法律を公布している。この詩は、こうしたドイツの状況を示唆したものと読める。

まさしくひどい混乱が描かれている。不条理な世界が悪夢ではなく、日のもとに出現したのだ。正義を守るべき法が書き換えられた。言葉の言い換えによって、言葉の意味がすり替わり、まっ

たく逆のことがらに変化している。荒らされた住居は、〈建て替え中〉を意味した。略奪は〈受領〉となり、横暴な振る舞いも〈責任の行使〉となった。ことばの言い換えは真実をごまかし、真実を葬り去るための常套手法である。法律を変え、あるいは法の解釈を変えることで、国の姿は一変する。その方針は上意下達で社会生活の末端にまで浸透する。それをナチ政権は、すばやく組織的に行った。その際、巧妙なプロパガンダがフルに活用され、威力を発揮したことは想像に難くない。

この同じ年、「パリ日報」紙が亡命中のドイツ人作家を対象に、アンケートを行った。新たなバーバリズムが氾濫し、あらゆる文化的価値がかつてないほどに危機にさらされている今日、作家の使命とは何か、を問うものだった。ブレヒトの答えは、「作家は真実を書くべきだ」というものだったが、それに続けて、真実を書く困難さについても言及している。それを敷衍して書いたのが、「真実を書く際の五つの困難」というエッセイである。

ブレヒトが挙げた五つの困難とは何か。その項目のみを記す。

一　真実を書く勇気

二　真実を認識する賢明さ

三　真実を武器として使いこなせる技術
四　真実がその手に渡れば有効に働く人びとを選び出す判断力
五　真実を多くの人の間に広める策略

ファシズムの圧制のもと、真実を書くのはさまざまな危険を冒すことで、勇気のいることである。と同時に、いたるところで隠蔽されている真実を見つけ出す難しさがあり、そのためには知識も方法も学ぶ必要があること、そして、真実を知り、そこから行動を導き出すための技術が必要であること、つまり、真実をただ一般的に発信すればいいのではなく、だれに向かって書くのか、だれに手渡すのかを判断し、その読み手たちとの共同作業のなかで、初めて真実は有効に働くものであることを、ブレヒトは説く。そしてその人たちに真実を広めるためには、さまざまな策略が必要であることを強調している。

ひるがえって現代の私たちを考えてみると、情報隠しと情報氾濫という一見相矛盾した状況の下に生きている。その中で真実を見つける困難さは、ブレヒトの時代の比でないように思われる。彼の挙げた五つの困難は、現代においても克服されるべき課題として、その重要性は変わらず、私たちの前にある。

隣人

私は彼の隣に住む者です。私は彼を訴えました。
私たちはこの家に
煽動者がいてほしくありません。

私たちが鉤十字《ハーケンクロイツ》の旗を外に掲げたとき
彼は旗を出しませんでした
出すよう彼に求めると
彼は私たちにこう問いました、
うちでは四人の子供と一緒に暮らしていて
旗竿を置く場所などまだあるのかと。

私たちはもう一度未来を信じる、と言うと
彼は笑いました。

あの人たちが彼を階段で殴ったことは
気に入りません。彼らは彼の上着を引きちぎった。
そんなことはする必要なかったのに。そんなにたくさん上着を
私たちのだれも持ってやしないのだから。

でも今は彼がいなくなって、家の中は平穏です。
私たちの頭の中は心配事でいっぱいなんです、だから
せめて平穏でなくてはなりません。

何人かの人たちが
私たちに会うと目をそらすことは、わかっています。でも
彼を連行した人たちは言います

私たちは正しいことをしたのだ、と。

一九三四年に書かれた。ヒトラー政権が誕生して、一般の人びとの生活はどう変わったのか。ナチズム支配下の日常生活の一端が、この詩からまざまざと見えてくる。

ここに描かれている小さな出来事は、そこここで日常茶飯事に起きていたであろう。文中の四人の子持ちの男は、家（Haus）でなく、部屋（Stube）に住んでいる、とあることから、ここは貧しい人びとの居住区だとわかる。一軒の家で、おそらく部屋を分け合って、それぞれ別の家族が住んでいるような住いが想像される。窓やベランダから、鉤十字の国旗が出ていない部屋は、すぐに目につき、隣人たちの不安を呼んだことだろう。通報や密告の奨励、問答無用の暴力行使によって、不満分子の芽を摘み、民衆を沈黙へと追いこんでいくナチズム支配の方程式が、ここに見えてくる。

第5章　ナチスとの闘いの前線で――亡命期（2）

（『スヴェンボル詩集』より）

同調した人びとへ

（一九三五年にモスクワ放送で朗読した）

圧制が増していく時代にあって
パンを失わないために
決意する人びとがいる、
搾取を続ける政府の犯罪的行為について
真実をもう語るまいと、だが
政府のウソを拡めることもしない、つまり
なにも暴露しないが、

言いつくろってやることもしないと。そうふるまう人は、
圧制が増していく時代にあっても
面目は失うまいと
決意を新たにしただけのようにみえる。だが実際は
パンを失うまいと決意しただけなのだ。このかれの
ウソは言わないという決意は、いまや
真実を隠すことになる。もちろん少しの間は
それで通せるかもしれない。だがこの時にも、
役所や編集部のなかを、
実験室や工場の敷地を、かれらが
その口からウソは出ない人として、ゆったり歩いている間にも、
すでにかれらは害を及ぼし始めている。
血なまぐさい犯罪を見て
眉ひとつ動かさない人は、その犯罪が
自然なもののような印象を与える。

かれは恐ろしい凶行を、雨のようになにか目立たないもの、
雨のように無害なものだと示している。
こうして沈黙することですでに、かれは
犯罪を助けているのだ。だがやがて
かれは気づくだろう、パンを失わないためには、
ただ真実を言わないだけではすまないで、
ウソを言わねばならないことを。寛大にも
圧制者は、パンを失うまいと
心に決めた人を、快く受け入れる。
かれは買収された人のように歩きまわることはしない、
実際何ももらってないし、
何もとられていないだけだから。
賛辞を述べる人が
権力者たちの食卓から立ち上がって、大口を開けるとき、
その歯の間に

食べ物の残りかすが見えると、人びとは
かれの賛辞を疑わしく聞く。
ところが、賛辞でも
昨日はまだ悪《あ》しざまに言い、勝利の宴に招かれてもいなかった人の場合は、
ぐんと価値がある。
なぜなら、かれは虐げられた人びとの友人だから。かれのことは知っている。
かれが言うことは、実際そのとおりだし、
かれが言わないことは、存在しないということだ。
そのかれがいま言う、
抑圧はない、と。
一番いいのは、殺人者が
殺された人の兄弟を
買収して送りだし、兄さんは
屋根瓦が当たって死んだと
証言させることだ。簡単なウソはむろん

パンを失いたくないかれを助ける、
それも長続きはしないが。その種の人間は
多すぎるほどいるのだ。さっそく
かれは、おなじくパンを失いたくない連中全員と
容赦ない競争におちいる。もうウソをつく意志だけでは不十分だ。
能力が必要だし、情熱も求められる。
パンを失いたくないという願望に混じるのは、
特別の技でどんなくだらぬおしゃべりにも
意味を与えたいし、いわく言い難いことも
やはり言いたいという願望だ。
それに加えて、抑圧者たちには
ほかの誰よりも多くの称賛をむりやり言うしかない、というのもかれには、
以前いちど抑圧をこきおろした、
という嫌疑がかかっているからだ。こうして
真理を知る人たちが、いちばんひどいウソつきになる。

そして、こんなことすべてが通用するのも、
だれかがやってきて、証言するまでのこと、
かれらも以前は正直で、かつては異議をとなえてもいたと。そうなると、
かれらはパンを失う。

一九三五年に書かれた。当時ブレヒトは、亡命地デンマークのスヴェンボルにいたが、この年の四月にモスクワを訪問。その折に、「ドイツの労働者と専門家のためのモスクワの夕べ」というラジオ放送で、自らこの詩を朗読した。

七二行に渡って節の区分もなく、切々と説く全文は、力強く心に迫るものとなっている。ナチスの同質化政策が、どのように人びとの心に浸透し、そして人びとを取り込んでいったかが、明らかにされる。

タイトルにある「同調する」と訳した原語は gleichschalten《グライヒシャルテン》で、ナチスの公的用語であった。ヒトラーは政権獲得後ただちに「強制的同質化法」(Gleichschaltungsgesetz) なるものを制定。これにより、州政府の主権を剝奪し、中央政府の支配下に置く、さらに新党結成の禁止、党と国

家の統一など次々と実施、そして遂にヒトラーは全権を掌握し、独裁体制を確立する。

ファシズムを支えたのは、いったいどんな人たちだったのか。動機は何だったのか。分別のない人たちばかりではなかった。〈黒〉を〈白〉だとは言わない分別は持ち合わせていた、ごく普通の善良な人たちが、失業に怯え、パンを失う恐れから、〈黒〉を見ても見ぬふりして口をつぐむうちに、それも見慣れた風景となり、自然なことのように思えて、〈黒〉も〈白〉だと言い、権力者に媚を売ってみせる。生存競争が激しさを増すなか、先を争うように体制側に「同調」していく、あるいはそう追い込まれていく庶民の姿がここにある。彼らがかつてみせた分別も、善良ささえも、いまは罪として糾弾され、結局はパンを失う。

◇

庶民を巧みにあやつる支配者の暴力の素顔が透けて見えてくる詩である。

きみのなかの山だったものを

きみのなかの山だったものを
かれらは壊して、平らにした
そして、きみの谷は
埋められた
きみの上を
快適な道が通る。

一九三三〜三四年頃の作。ナチス政権の同質化政策が加速していった。凹凸を均してできた〈快適な道〉とは、だれにとって快適なのか、ブレヒトは問う。

そして、こうした同調圧力は、現代を生きる私たちをも脅かしてはいないだろうか。異なる意見を封じ、多様な価値観が均されていないか。

私たちの日常に浸透するファシズムの影を見過してはなるまい。

政権の改善策

1

あちこち聞いて回ると、あまた改善がみられるという。
長いこと仕事がなかった多くの人が
いまは仕事がある。もちろん
あいかわらずひもじいが。それでも
賃金は下がっていない、ただ
食料品は値上がりした。しかし数軒の肉屋が
急に値をつり上げたときには
店から呼び出して、牢屋にぶち込んだ。ちなみに白い小麦粉を
こねることなど、もうできないが

以前と比べて値はさして上がっていない、もっとも
白い粉一ポンドにつき、黒い粉も一ポンド
それも何の役にも立たぬしろものを買わなきゃならない。他方で
昼食がたったの二〇ペニヒで
ボリュームもある工場があるとか。それって
大きな改善じゃないか、あいにく
そんな工場はめったにないが。それでも
そこで働く人を一人や二人、知っている人は多い。
クリスマスの時に、いきなり工場で
金が配られたこともあった、全員がもらった、それは
総統《フューラー》が頑張ってやったことだ、という話だ。

2

総統は物価にも目を光らせている。そのせいで
たとえばオーバーはまだ昔の値段で買える、ただ

昔ほど長持ちはしないが。総統がいなけりゃ
もっと高くなっていただろう。それに
総統は資本家を監視しているそうだ。もちろん
配当金は上がった、だが話では
資本家たちは不安でいっぱいで
もうけを独り占めしているとか。そこでかれらは
せめて年に一度、五月一日には
国の命令で、重労働に従事する単純労働者たちに
敬意を表さねばならぬ、というわけだ。

3

政府は娯楽にも配慮している。
専用の船での休暇の船旅が人気だ。
船に乗っていると、税金のことなど考える人はほとんどいない。
差っ引かれた税金など

もうなくしたものと思ってた。税金は
強制的なものだったが、休暇の船旅は
国からの自発的なプレゼントにみえる。
金をなくした人は、その一部でも
戻ってくれれば、うれしいもんさ。

4

そんなわけでいたるところに改善がある、それについて話せば
腹がへった人の口も塞がるというもの。
焼け石に一滴でなく、いまや二滴の水ともなれば
それは改善じゃないのか？　だれもが知っているわけじゃない、
改善されたのは、ただ搾取のシステムだけで、
盗み方だけが改善され
抑圧の方法だけが、日々
改善されているのだということを。

［原注］

一九三七年の作。ナチスの雇用創出策が、〈改善〉と称されるものである。実際にはこの政策によってヒトラーは、社会状況を改善するのではなく、戦争を準備した。「国家勤労奉仕隊制度」により、失業者、特に若い失業者は、農業やアウトバーン建設に強制的に従事させられ、それを拒めば失業手当はもらえなかった。夫婦の一方、ふつう夫に仕事があれば、妻は仕事を斡旋されず、失業者数から除外された。このようにして失業者数の統計は粉飾された。

紡績工場ではすでに一九三四年に原料不足のため、週三六時間労働が法的に導入され、これにより賃金が二割カットとなった。この頃、物価は一八％上昇し、これ以後上昇は続く。一九三五年に失業者数は、なお二〇〇万人と報告されている。実質賃金はナチスの時代、継続して下降した。賃金上昇は、軍事産業での労働時間の延長によるもので、時給の値上げによるものではない。社会福祉費は、二八億ライヒスマルク（一九三二年）から、四億ライヒスマルク（一九三七年）に減少した。上がり続ける物価に対してナチ政権は、物価の監視と価格凍結策で対応した（一九三六年以降）。その結果、政府報告の物価指数はおおいに安定したが、品質の低下が増した。一九三七年三月からパン屋は、パンに安い粉を混ぜることを余儀なくされる。同年半ばには、黒い粉の混ざった粉しかなくなった。

一九三六年から特別支給、とくにクリスマス賞与に力を入れる。労働者に企業への帰属を強めさせ、実質賃金のカットを隠す狙いがある。同年の労働協約令の廃止により、賃金カットは継続した。賞与は賃金に縛られないため、プレゼントのように支給された。

またヒトラーは、労働者の祝日メーデーの伝統を我がものとし、「国民的労働の日」として意味を変え、ナチスの目的に従わせた。

〈娯楽〉とは、ナチスの「歓喜力行団（KdF）」による余暇の組織化（一九三三年一一月より）を示唆している。この組織は、勤労者を《把握》し、余暇活動でも政治的に教化して、《民族共同体》という虚構のもとに取り込む活動を行った。「歓喜力行団」は、船を保有し、週末の遠出などに提供。一九三九年までに約一千万人を《世話》したという。

政権の不安

1

第三帝国から戻った他国の旅行者が
あそこの本当の支配者は誰かと問われて、答えた
恐怖だ、と。

2

不安げに
学者は議論を中断して、見つめる

青ざめて、研究室の薄い壁を。教師は
眠れぬまま横になり、思い悩む、あの
視察官が投げつけた不可解な一言について。
食料品店の老女は
震える指を口に当てて抑える
粗悪な小麦粉をののしる言葉を。不安げに
医者は患者の首の絞められた跡に目をやる、おどおどと
親たちは、わが子を密告者を見るように見る。
死に瀕《ひん》している人たちまでも
近親者に別れを告げるとき
かすれた声を、さらにくぐもらせる。

3

だが、褐色シャツの連中自身もまた
怖れている、腕を高く挙げない男を

そして、おはようとあいさつしてくる
男におどろく。(1)
命令する連中のかん高い声は
屠殺刀を予期する子豚のキーキー鳴く声のように
不安に満ちている、脂ぎった尻は
オフィスの安楽椅子で、不安の汗をかく。
不安に駆られて
かれらは住居に押し入り、クローゼットの中を探しまわる
それに図書館を残らず焼き払わせるのも
不安のなせるわざだ。だから
恐怖は、支配されている人たちだけでなく、
支配する連中をも支配しているのだ。

4

なぜ

かれらはそんなにも、率直な言葉を怖れるのか？

5

政権の強大な権力や、
強制収容所、地下の拷問室
食い物のいい警官たち
萎縮してるか、買収されている裁判官たち
疑わしい人物のリストを収めたカードボックスが
屋根に届かんばかりに建物を占めているさまなどを見れば、
ひとりの庶民の率直な言葉など恐れる必要はないと、
信じていいはずなのだが。

6

だが、かれらの第三帝国が思い起こさせるのは
アッシリア・タールの建造物、あの巨大な要塞だ

伝説[2]によると、どんな軍勢も陥落できなかったというその要塞が
その内側で公然と語られた、たった一言で
灰塵に帰したという。

〔原注〕
（1）褐色シャツや褐色の制服は、ナチ突撃隊（SA）を示す。他方、黒色シャツはナチ親衛隊（SS）が着用。右手を高く挙げての〝ハイル、ヒトラー〟がナチの挨拶だが、〝おはよう〟の挨拶は、そのヒトラー式挨拶の拒否を意味する。
（2）アッシリア・タールの伝説は、ブレヒトの創作である。

一九三七年の作。ブレヒトの亡命生活は、一九三三年二月末の国会議事堂放火事件の翌日に始まり、以後一五年間（三五歳から五〇歳まで）に及んだ。

ここに紹介した三篇の詩（「きみのなかの山だったものを」を除く）は、ブレヒトの第三詩集『スヴェンボル詩集』（一九三九年、コペンハーゲンで出版）に収録されている。

一九三九年四月までを過ごした最初の亡命地が、デンマークのフューン島の港町スヴェンボル

で、その名をとったこの詩集には、主に一九三〇年代後半に書かれた詩一〇〇篇余りが収められている。六章から成るこの詩集の第五章は、「ドイツ諷刺詩　ドイツ自由放送のために」というタイトルで、ここに訳出した二篇「政権の改善策」と、「政権の不安」は、この章に属する。

「ドイツ自由放送」とは、スペインのマドリッド近くのラジオ局から、ヒトラー支配下のドイツ国民に向けて、ドイツ語で放送された反ファシズム放送で、一九三七年一月から、三九年三月にスペイン人民戦線が崩壊する日まで続けられた。ブレヒトの他にも広く、作家・文化人などがこの放送を通じてメッセージを送った。真実を伝え、ヒトラー独裁への抵抗、サボタージュを呼びかけるなど、〝ささやきのプロパガンダ〟として、ドイツの労働者の間にも少なからず浸透していた。当然この短波放送は妨害電波によってしばしば中断されもする。こうしたさまざまな困難な状況下で、ブレヒトはこれまでの詩の形式および詩のあり方の転換を、強く意識する。『スヴェンボル詩集』はその実践のドキュメントでもある。

後から生まれてくる人びとへ

1

ほんとうに、暗い時代に私は生きている!

無邪気なことばは間《ま》がぬける。皺《しわ》ひとつない額は
鈍感さのしるし。笑っている者は
おそろしい知らせを
まだ受けとっていないだけ。

なんという時代だろう、
木々についての会話が、ほとんど犯罪に等しいとは
なぜならそれは、おびただしい凶行について沈黙することだから!
のんびりと通りをわたって行くあの人は
おそらくもう手の届かない存在ではなかろうか

苦境にある友人にとって？

確かに、私はまだ暮らしが立っている
だが信じてくれ、これはほんの偶然だ。何ひとつ
私のしていることで、満足に食べていかれるわけがない。
たまたま私は助かっている。（運がつきれば、
おしまいだ。）

ひとは私に言う、食べろ、飲め、所有していることを喜べ！　と。
だがどうして食べたり飲んだりできよう、もし
私の食べるものが、飢えている人から奪ったもので、
飲む水が渇いた人にないとすれば？
それでも私は食べる、そして飲む。

私にしても賢明でありたいと思う。

古い書物にはこう書いてある、賢明さとは、
この世の争いごとから離れ、短い時を
恐れなしに過ごすこと
暴力とも無縁に生きていくこと
悪には善をもって報い
望みは果たさず、忘れること
これが賢明なのだと。
そのどれも私にはできない。
ほんとうに、暗い時代に私は生きている！

2

私が都市にやって来たのは、混乱の時代だった
飢えがひろがっていた。
人びとに混じったのは、暴動の時
私は彼らとともに立ち上がった。

こうして私の時は過ぎた、
この世で与えられた時が。

食事をとったのは戦いの合間で
眠るのも人殺したちの中だった
恋したときも散漫で
自然を見るといらだった。
こうして私の時は過ぎた、
この世で与えられた時が。

道はみな沼に通じていた、私の時には
ことばは私のことを屠殺屋にもらした。
できることはごくわずかだった。でも支配者たちは
私がいなかったら、もっと安泰だったろう、そう願った。
こうして私の時は過ぎた、

この世で与えられた時が。

力はわずかだった。目的地は
はるか遠くにあった
それははっきりと見えていたが、私には
行き着けそうもなかった。
こうして私の時は過ぎた、
この世で与えられた時が。

3

きみたち、私たちが沈んでいった高潮のなかから
浮かび上がってくるだろうきみたち
思ってくれ
私たちの弱さを言う時に
この暗い時代のことも

きみたちは免れたこの暗い時代のことを。

なにしろ私たちは、靴よりもひんぱんに国をとりかえて
階級間の闘いをくぐり抜けていった、必死に
ただ不正ばかりがあって、憤激はなかった時に。

それでも私たちは知っている、
卑劣なものにたいする憎しみも
表情をゆがめることを。
不正に対する怒りもまた
声をきたなくする。ああ、私たちは
友愛の地を準備しようとして
自分たちは友愛を示せなかった。

しかしきみたち、いつの日か

人と人とが助けあえる時になったら
思ってくれ、私たちのことを
広い心で。

七五行にわたるこの長詩は、『スヴェンボル詩集』の最後を締めくくるものである。亡命期の詩をまとめ上げるかのように、ブレヒトのすべての思いが注ぎ込まれた力強いメッセージになっている。暗い時代をうたいながら、その言葉は悲嘆に曇らされず明晰であり、その語り口は深い怒りをはらみながらも、声高に乱れることなく冷静である。

詩のタイトルから、辞世の歌のように聞こえたとしても、それも理由のないことではない。本文に、〈靴よりもひんぱんに国をとりかえて〉とあるように、亡命地を転々としたブレヒトには、たえず生命の不安が付きまとっていただろう。日記にも、「戦争はまるで私たち自身の影のように、私たちの後を追っていた」と記している。ブレヒトの数少ない自伝的な詩のひとつである。

しかし、たんに一個人の運命を問題にしているのではない。ナチス政権によって国を追われながらも、なおファシズムに対し真っ向から闘いを挑んだ人びとが、どのように生きたか、生きねばならなかったかのドキュメントであり、さらに詩の置かれた状況のドキュメントでもある。それを象徴的に物語っているのが、第1部の三節目にある詩句〈木々についての会話が、ほとんど犯罪に等しい〉である。これは後に大きな論議を呼んだ。〈木々についての会話〉とは、一般に自然あるいは自然体験をうたった詩と理解していいだろう。ドイツには一八世紀以来、途絶えることのない自然抒情詩の伝統があり、ブレヒト自身も、伝統的な自然詩とは性格を異にするものの、木々について歌い、自然をモチーフとすることに強い愛着をもっていた詩人であった。しかし今、自然をうたうことは、ナチズムの犯罪について沈黙し、ひいてはそれを黙認することを意味するがゆえに、自然との交感を、個人的な感覚的な喜びにつながるものを、歌うことを断念するというのである。

〈ほんとうに、暗い時代に私は生きている〉というリフレインが、基調音となって全篇に響いている。

第2部は、六行詩の四節の構成で、各節の最後二行がリフレインになっている。過去時制で統一され、比較的整った詩形である。

冒頭に、〈私が都市にやって来たのは、混乱の時代だった〉とあるが、その都市とはミュンヘンとベルリンの双方を指している。ブレヒトは、敗戦の前年一九一七年にミュンヘン大学医学部に入学、故郷のアウクスブルクとミュンヘンを往来する生活を送った後、一九二四年に、その間にも何度か訪れていたベルリンに居を移し、本格的な作家活動、演劇活動に入る。

〈混乱の時〉とは、まさにこの間のドイツの社会状況そのものであった。敗戦直後のミュンヘンを舞台としたバイエルン革命とその挫折。発足したばかりの未熟なヴァイマル共和国政府の足元では、左派勢力と反革命軍とのせめぎ合いが繰り返されていた。ベルリンで、地方で、相次ぐ政治的暗殺と、それに抗議する労働者たちの暴動。ゼネストには軍による鎮圧が待っていた。ヒトラー率いる極右グループが、ミュンヘンで反乱を起こしたのは、一九二三年である。その年インフレはその極に達し、食糧暴動も相次ぎ、都市は飢餓寸前の労働者、失業者であふれていたという。

同じく第一節に、〈暴動の時／私は彼らとともに立ち上がった〉とあるが、ブレヒトがどれほど具体的な政治行動に関与したのかは、はっきりしない。終戦間際にアウクスブルク陸軍病院で衛生兵として兵役に服したが、敗戦に続く革命の高揚期には、病院内の兵士評議会のメンバーとなり、社会民主党左派である独立社会民主党を支持していたことは明らかであるが、それ以上のことは推測の域を出ない。
後年、彼は日記の中で、「名を知られた作家になってもなお数年間、私は政治についてまったく無知であり、マルクスの本や論文を目にしたこともなかった」と述懐している。政治的認識ぬきに、心情的に行動に走るタイプの人間とはおよそ縁遠かったブレヒトであってみれば、彼の主要な関心事は、いかに文学の場で、そして舞台で、この対立に満ちた状況が意味するものを表現するかにあった、といえるだろう。

第2部の第三節は、〈道はみな沼に通じていた〉という詩句に始まる。〝沼〟とは、ナチズム支配の世界の比喩としてブレヒトの詩にしばしば登場する。これは、大都市を拠点とする表現主義文学を〝アスファルト文学〟と呼び、嘲笑したナチス民族主義者たちに対するブレヒトの返答でもあった。〈道はみな沼に通じていた〉とは、ヴァイマル共和国がしだいに内部から崩壊し、ナチス独裁国家へと移行していったことを指している。

このような社会的緊張をはらんだ詩が、形式面でも大きな変化を迫られたのは言うまでもない。伝統的な調和のとれた詩形式にはめ込むことで、その緊張を中和したり、解消させたりするのは、避けねばならなかった。この時代に書かれた彼の詩のほとんどが、押韻もなく、規則的なリズムも持たないものとなっている。

「押韻は、なにか自己完結的で、耳を素通りしてゆく性質を与えかねないので、適切ではないように思えた。同様に、一様の抑揚をもった規則正しいリズムも十分食い込まないので、書き換えを要求する。多くのアクチュアルな表現が入ってゆけないのだ。そこで、直接的、瞬間的な話しの抑揚が必要となった。不規則なリズムを持つ無韻詩が適している、と私には思えた」とエッセイに書いている。(「不規則なリズムを持つ無韻詩について」)

〈直接的、瞬間的な話しの抑揚〉を持つのは、話し手の身ぶりをともなった話法である。彼はそれを「身ぶり的」な語法と名づけ、そこに新しい詩のリズム、詩の形態を見ようとした。それはまた、抒情詩をとかく気分あるいは情緒と結びつけて見る近代以降の支配的な美学に対し、思考を妨げない、否、むしろ思考を促す醒めた表現と、それにふさわしい形式による新しい抒情詩の在り方、新しい美学をつくりあげようとする試みでもあった。

第3部の冒頭は、〈きみたち〉という力強い呼びかけに始まる。ふたたび現在に立ち返り、まだ見ぬ後の世代に向かって直接に話しかけている。パセティックでなく、感情を抑えた簡潔な語り口ながら、逆にブレヒトの痛切な思いが行間に溢れている。

暗い時代はまだいつ明けるともわからない。否、まだ始まったばかりである。ナチス政権は周辺の国々を次々と併合し、勢いを増していた。戦争は必至であった。国内に残る者は沈黙と服従を強いられ、国外に追放された者も疲弊の極にあった。闇はますます深まるようにみえた。〈ただ不正ばかりがあって、憤激はなかった時〉であった。しかし、いつかこの時代も必ず終わりが来るだろう。その後の時代に生きる人びとに、私たちの弱さを語るときも、どうか生きた時代の暗さを思いやってくれ、と求めているのである。

第3部では、語り手が〝私〟から〝私たち〟に変わっていることに注目したい。

それは同じ時代を共に生き、苦しみを分かち合い、闘い半ばで斃《たお》れた仲間たち、そして名もないたくさんの無言の犠牲者たちの追悼とも読める。彼らの思いを書き記し、語り継ぐこと、そして未来の人びとに手渡すことを、彼は作家の使命とも考えていたに違いない。

インテルメッツォ（2）童謡

シュテフ(1)におくる小歌

むかし一羽のワシがいた
あらさがし屋がたくさんいて
そのワシをこきおろし
疑いをかけた
あいつは池で泳げやしないぜ。
そこですぐさまワシは試した
やっぱり沈んでしまったとさ。
（つまり非難はもっともだった。）

むかし一羽のカラスがいた
ずる賢い年寄りカラスさ
そいつに籠の中で歌ってたカナリヤが
声をかけた、どうかしら
芸術のことなんて
あんたにはとんとわからないでしょ。
カラスは怒って言った、
おまえは歌など歌えなけりゃ
おれみたいに自由なのに。

むかし一匹のハリネズミがいた
そいつが腐臭のするサラダ油の
平鍋に落っこちて
針毛が柔らかくなったので
国際連盟[2]に加入した。

するとめくらのトラが
やつを皆に紹介してまわった
改心した戦士だとね。

むかし一匹のワラジムシがいた
こいつが窮地におちいった
住みついていた地下室が
ある日崩れ落ちて
石造りの家が
バラバラとこいつの頭に降ってきた
やつは信心深くなったそうな。

むかし一匹の犬がいた
そいつは口が小さすぎて
たくさんは食えなかった

それを喜んで主人は
こう言った、こやつは
いいめっけもんだったワン。

むかし一匹のブタがいた
足が一本しかなかった。
あるとき慌てたひょうしに
滑って尻もちついて
スミレの花壇にドスン
ほんとにトンだブタだったよ。

むかし一羽のニワトリがいた
なぁんにもすることがなかった。
だれにでもあくびした。
ところが口をアングリ開けたとき

イヌが言った、あれ、まあ
歯が一本もないね！
そこでニワトリは歯医者に行って
入れ歯を買った。
いまは安心してあくびができる
新品の歯でハァーとね！

むかし一頭のラクダがいた
そいつは片田舎で
せむしの男を見た
横目で男をジロッと見て
こう言った、ちなみに
おれはコブ二つさね。

むかし一頭のウマがいた

ろくに取り柄がなかった
走らせればノロマで
荷車を引かせりゃ、こける始末
そこでやつは政治家になった。
今では高く敬われてる。

むかし一頭のゾウがいた
分別というものがまるでなかった
あるとき命を受け、丸太を引っ張った
二本のところを二〇本も
それで足を一本折っちまった。
たまげたトンマ野郎だ！

むかし一匹のネズミがいた
あるとき家を留守にした

そこで王様の料理人が
そいつの巣穴からクルミを一個
釣り上げた
それで昼食をつくり
お城の奉公人たちにふるまったとさ。

むかし一匹のウナギがいた
自分は鋼でできてると思ってた
平和のさなかに、やつは出かけた
武器庫へとまっしぐら
そしてたのんだ、どうかお国のために
おいらを立派な剣に鋳ってくださいと。
つまりやつは死ななかったということさ。

むかし一匹のヤギがいた

そいつが言った、わたしの揺りかごのそばで
みんなが歌ってくれたわ、たくましい男のひとが
やって来て、わたしと結婚するだろうって。
牡牛はおかしそうにそのヤギを見て
ブタに言ったとさ、
それは屠殺屋だろうよ。

むかし一匹のコブラがいた
そいつは旗竿になって仕えてた
やつが旗手を刺したとき
旗手は別の男に旗竿を託し
英雄としてお国のために死んだ。
コブラは言ったとさ、このとおり、
男死すとも　旗竿は立てり！
(歓声が鳴り響いた！)

［原注］
（1）シュテフは、ブレヒトの息子シュテファンの愛称。当時一〇歳。
（2）国際連盟は一九二〇年一月に設立。ドイツは一九二六年九月に加盟を果たした。

この詩は、初等読本の動物詩を手本にしているが、随所で当時のアクチュアルな政治的問題にからめて書かれてある。一九三四年、亡命先のデンマークのスヴェンボルで書かれた。諷刺とナンセンスな面白みを利かせた詩である。他にも「アルファベットのうた」など、子どものための詩を多く書いている。

第6章　暗い時代を生きる——亡命期（3）

亡命生活の詩《うた》

かれらは暮らしを立てるのに必要なものだけを
見知らぬ土地から手に入れる。
思い出は小出しに使う。

かれらには電話もこない。呼び止められることもない。
叱る人はいない、褒める人もいない。

かれらには現在がないので、
自分を長持ちさせようと努める。

はるか遠くの目的地に行きつくためだけに
暮らしの改善をはかる。

職にある者は、無造作に
わずかな食べ物に手を伸ばす。眠れぬ者に
寝床はいらない。

かれらは同時代の人よりも
先人たちとの交わりが多い
そして、現在をなくしてるようなかれらが
いちばん熱い視線を送るのは
あとから来る人たちだ。

かれらが語るのは、記憶のなかのこと
かれらはパスポートも証明書もなしに移動する。

生徒なしに教えること

生徒なしに教えることや
名声なしにものを書くことは
難しい。

すばらしいのは、朝、家を出て
書き上げたばかりの原稿を手に
待っている印刷屋に向かうこと、ざわめく市場を通って
市場では肉や手製の品が売られている
おまえは文章を売るのだ。

運転手は急ぎ車を飛ばした
朝食はとっていなかった

どのカーブも危険だった
急いで玄関に入ると
かれが迎えようとしていた男は
もう立ってしまっていた。

あそこで男が話している、だれ一人聞いていていない。
かれは声を大にして話す
くりかえし言う
間違ったことを言っている
かれが訂正されることはない。

ブレヒトの亡命生活は一五年に及んだ。これほど長きに渡ろうとは、彼自身想像していなかったにちがいない。一九三三年二月二七日の夜、国会議事堂が放火され炎上した事件の翌日に、彼は家族とともにドイツを離れた。

ヒトラーが政権を掌握して一カ月、国会選挙を目前にしてのこの放火事件は、ヒトラーの思惑どおりのものだったろう。早くも事件翌日には、「国民と国家の防衛のための大統領緊急令」が発布され、国民の基本的人権は大幅に停止され、共産党や社会民主党などの政治組織のみならず、文化の領域に対するテロ、弾圧は公然と激しさを増した。五月には〝非ドイツ的〟とされた著作が焚書にされ、ブレヒトの全著作もその対象となった。その二年後にはドイツ国籍を剥奪される。

ドイツを出国したブレヒト一家は、チェコのプラハからウィーンへ、さらにスイスを経由してパリへ。そしてパリからデンマークへと移動する。このデンマークのフューン島のスヴェンボルという小さな港町近くに、漁師の一軒家を手に入れ、そこに五年間住むことになる。海峡を隔てた向こうはドイツであった。海峡を越えて届くヒトラーのラジオの演説に耳をそばだてることは、ブレヒトの日課となった。

落ち着きなく私たちは住んでいる、できるだけ国境の近くに
帰還の日を待ちながら、国境のあちら側の
どんな小さな変化も見逃さず注視し、新たに来る人ごとに

熱心に問いかけ、何ひとつ忘れず、何ひとつ放棄せず
起こったことを何ひとつ許しもしない
（詩「移住者という呼び名について」より）

ブレヒトはこの時から、戯曲や詩を書きながら文学的な仕事のすべてを、ナチズムに対する闘争にゆだねた、と記している。このスヴェンボルでの五年余りは、作家ブレヒトにとって最も生産的な時期だったとも言えるだろう。この時期に書かれた詩を集めた『スヴェンボル詩集』（一九三九年）、代表的な戯曲、『第三帝国の恐怖と悲惨』『母』『ガリレイの生涯』なども次々と生まれ、演劇論、詩論、政治社会論も精力的にものした。W・ベンヤミンやK・コルシュら亡命作家たちもしばしば訪れ、時には数カ月滞在して討論を交わしたが、その豊かな時間を糧としてブレヒトは、ファシズムとの闘いに言葉を武器としてどう関われるかを模索し、その実践を詩や演劇で例示していったと言えるだろう。

デンマークでのヴィザの期限切れも迫り、ヒトラー軍がさらに勢力を拡大させて今にも戦争に突入する緊迫した状勢の下、スウェーデンの作家らの尽力でようやくスウェーデンへの入国ヴィ

ザを取得、一九三九年五月にストックホルムに近い小さな島に移り住む。しかしその一年後には、ドイツ軍のデンマーク、ノルウェー侵攻を受けてスウェーデンを離れ、さらに北上し、ヘルシンキへ渡る。ここではフィンランドの作家ヘラ・ヴォリヨキの好意で、彼女の農場の館に住むことができた。ここでも精力的に戯曲の執筆に励む傍ら、すでに前年三月に申請していたアメリカへの入国ヴィザの交付を待ちわびる日々でもあった。さらにアメリカ領事館でヴィザを入手するためには、サンフランシスコまでの乗車券、乗船券を提示する必要があった。妻ヘレーネ・ヴァイゲルと二人の子供、そしてスウェーデンの地から同行している協力者マルガレーテ・シュテフィンとルート・ベルラウの、合わせて六人分のヴィザと乗船券の手配は、彼にとって相当に厄介な問題であった。さらに旅費の工面の苦労もあった。ブレヒトはこのころの手紙で、目下のところ文学上の仕事ではほとんど収入を得る見込みがないこと、ヨーロッパ各地で予定されていた戯曲の上演も、次々中止となったことなどを挙げ、暮らし向きが楽ではないことを訴えている。文化団体からの助成金や、上演権を売っての前払い金、わずかな雑誌の原稿料、翻訳、講演料などに頼っていたように思われる。

一年後の一九四一年五月、ようやくヴィザが取れてヘルシンキを立ち、モスクワへ向かう。約二週間滞在したこのモスクワで、かねてより結核を患っていたシュテフィンが重篤に陥り入院、病院に彼女を残し、ウラジオストクへ向けて出立した。そのシベリア鉄道の車中で、ブレヒトは彼女の死去の知らせを受け取る。まだ三三歳の若さであった。労働者の家庭の出身であったシュテフィンは、一〇年来の最も近しい協力者で、彼女自身詩作もし、語学にも長け、ブレヒトの数多くの詩の成立に直接、間接に関わってもいた。彼女を愛し、〝同志〟とも〝ぼくの小柄な先生〟とも呼んでいたブレヒトの喪失感は大きかった。

ウラジオストクからアメリカ行きのスウェーデンの貨物船に乗り込み、最後の亡命地アメリカのロサンゼルスの港に着いたのが、一九四一年七月二一日であった。ブレヒトらが出航した一〇日後に、ドイツ軍はソ連侵攻を開始した。

―◇―

ヒトラーから逃れて九年目に

幾度《いくたび》もの旅に消耗し
冬のフィンランドの寒さと飢えにやつれ
別の大陸へのパスポートを待つことにも疲れて
私たちの同志シュテフィンは死んだ
赤い都市モスクワで。

残された欠片《かけら》

そこにまだ、戯曲の構想メモを入れる木の箱がある
そこにはバイエルン地方の小刀がある、立ち机がまだある
そこには黒板がある、木彫りの面がある
そこには小型ラジオと、兵士の使うトランクがある
そこには答えがある、だが質問するひとはいない
庭の上空高くに

シュテフィンの星がある。

マルガレーテ・シュテフィン（一九〇八―一九四一）を追悼する詩で、一九四一年後半に書かれた。ここに挙げられた品々は、いずれも亡命時に持参したもので、シュテフィンとの共同作業の時間を物語っている。

また、「私の小柄な先生を忘れずに」と題する別の詩には、彼女の青い怒りの炎のような眼を想い、冬空に明るく輝くオリオン座をシュテフィン星座と名づけた、と書いている。そして、空を見上げてその星を眺めていると、彼女の弱々しい咳が聞えてくるように思う、とも詠っている。この時期、仕事も手につかないほどに彼女を失った喪失感が大きかったことをうかがわせる詩がいくつも書かれている。

この年の七月から、ロサンゼルスの近郊都市サンタ・モニカに、ブレヒト一家は住まいを定める。戦争が終結して、一九四七年一〇月にアメリカを去るまで、この地で過ごした。当時繁栄を誇っていた映画産業の中心地であるハリウッドも近い。ブレヒトは生計を立てるため、映画のシナリオを書き、売り込みに奔走する。ヨーロッパでこそ、ブレヒトの名は『三文オペラ』で成功を収めた劇作家として有名であったが、アメリカではほとんど無名の存在だった。

ブレヒトにとっても、アメリカは単なる亡命地ではなく、ヨーロッパでは出来なかった自由な文学活動や、自作の上演への期待を抱いての移住であっただろう。しかし、今や世界の文化の中心地であったハリウッドの映画界が象徴するように、当地の文化状況は、とことん商業主義に毒されたものだった。

彼はある日、ビバリーヒルズに向かう車窓から、なだらかな丘陵や茂み、木立などの風景を眺めながら、こんな苦々しい思いを、『作業日誌』に記している。

私は無意識に、どの丘の連なりにも、どのレモンの木にも、小さな値札がついていないかと捜している。こうした小さな値札を人間にも探す始末だ。……ここのしきたりは、ちょっと肩をすくめる動作から思想にいたるまで、あらゆるものを〝売ろう〟とすることを要求する、つまり人びとはたえず買い手を獲得しようと努めねばならない。そんなわけで人びとは休みなく、買い手か売り手でいるのだ。（1942. 1. 21）

冒頭に挙げた二つの詩「亡命生活の詩《うた》」と「生徒なしで教えること」は、一九三五年頃に書かれた。前者は六節から成り、それぞれの有機的関連は緩やかで、折々の心境を書き記したもののようにもみえる。亡命期の彼の詩には、ファシズムを告発し、共に闘うことを呼びかける明快な詩が多いが、その一方で、亡命者として日々を過ごすブレヒトの内面をうかがわせる、こうしたモノローグ調の詩も目を引く。内面を語るといっても、感情を直接表す言葉はなく、出来事や経験した事柄として語っている。そこから伝わるのは、孤独と、先の見えない不安、足が地についている感覚がもてない現実感覚の希薄さ、そして何よりも、観客や読者と直接語り合い、共に学びあう関係が絶たれている喪失感だ。しかし後ろ向きになることはなく、思い出に浸ることもなく、未来の人びとに希望を見出そうとする。

後者の詩の、「生徒なしに教えること」とは何を意味するのだろう。

ブレヒトにとって、教師と生徒は上下の関係ではなく、一方通行でもない。教師も生徒から学び、そのとき教師と生徒の立場は入れ替わる。教えることと学ぶことは相互関係にあり、相補関係をなす。ここにもかれの弁証法的思考の実践があった。学ぶことこそが楽しみであり、喜びであると語っていたブレヒトにとって、見知らぬ土地で、学び合う仲間を失った喪失感は、測り知れないものだったと思う。

最後の節では、独り声を大にして男が演説している風景がある。〝生徒〟のいないところで、間違いを正されることもなく、くり返し〝教える〟ことをしている男の姿は、のちにブレヒトが東ドイツに帰国して以後、激しく渡り合うことになる党官僚たちの、長演説する姿と重なり合って見えてくる。

◇

幸運について

逃れようとする人は、幸運が必要だ。
幸運なしには
誰しも寒さから自分の身を守れない
空腹からも、追う連中からも。

幸運とは助けだ。

私はたくさんの幸運を持った。だから
私はまだこうしている。
だが将来に目をやると、ぞっとする
あとどのくらい幸運が必要なのかを知って。

幸運とは助けだ。

幸運を持つ者は強い。
優れた闘士や賢明な教師は
幸運をもつ人だ。

幸運とは助けだ。

私、生き残っている者

むろん私は知っている、ただ幸運によって
多くの友人たちより生きのびたのだと。だが昨夜見た夢で
この友人たちが私のことを、こう言っているのを聞いた、
《強いやつが生き残るんだ》
それで私は自分を憎んだ。

かえりみれば、家族を伴って異国の地を転々とした一五年にも及ぶ亡命生活は、言葉どおり幸運なしには続かなかったであろう。綱渡りのような生活は、友人たちの助力のみならず、折々に見知らぬ人びとからも受けた好意によって力を得て成り立ってきたことを、心底実感としてかみしめていたと思われる。

だからこそ、先立って逝った友人たちに対する忸怩《じくじ》たる思いは、ブレヒトのなかに澱《おり》のように

残り続けていたと、詩「私、生き残っている者」から想像される。

第7章　ナチズムが残したもの——戦後の東ドイツで（1）

（『ブッコウ哀歌』より）

気づく

帰ってきたとき
私の髪はまだ白くなかった
うれしかった。

山地の苦労は後にした
私たちの前にあるのは平地の苦労。

亡命生活を終えて、ブレヒトが祖国ドイツに帰ったのは、一九四八年一〇月、五〇歳になっていた。それ以後一九五六年に病死するまでの八年間を東ベルリンに住み、作家として演出家としての活動に邁進する。

一五年ぶりにベルリンの地を踏み、瓦礫の山と化した町の残骸を目の当たりにして、「恐怖を覚え／足早に通り過ぎようとした。／だがどんなに速く歩いても／この廃墟から抜け出せないのでは／と不安に駆られる」(1)と心境を記している。

〈山地の苦労〉とは言うまでもなく、ナチズムとの生死を賭けた闘いである。それを後にした今、平和と安らぎの生活が待っていたわけではない。瓦礫の山から素手で掘り出したレンガで、どんな建物を、どのような町を建設するのか、平地での苦労が待っていた。

新しい未来を築くための地固めは、過去を一つ一つ批判的に検証する作業と同時進行でなされねばならなかった。ヒトラー政権は崩壊しても、その体制を支えていたものが一夜にして生まれ変わることはあり得なかったし、また、その体制下で息の根を止められていたものが、すぐに甦ることも望めなかった。文化の一翼を担う作家・演劇人として、社会変革に呼応する芸術変革の作業を進めることは緊急の課題であり、〈山地の苦労〉に劣らぬ困難を伴うものであった。

一九五一年五月、東ドイツのライプチヒで開かれた全ドイツ文化会議で、東西ドイツの作家、文化人を前にブレヒトは次のように語った。

ヒトラーの戦争が終わり、我々が再び演劇の制作に取りかかったとき、最大の困難はおそらく、生じた破壊の大きさが芸術家にも公衆にもわかっていなかったようにみえる、という点にあった。瓦礫となった工場や、屋根のない住居については、その復旧に特別の骨折りが求められることは明白だった。しかし、こと演劇に関しては、建物の修復だけでは果しえないはるかに大きな破壊を被っていたが、誰一人としてこれまでの継続以上のものを求めることも、与えることもしないように見えた。……しかしこの衰退は気づかれなかった。なぜなら途方もない批評の衰退が同時に進行していたからである。

ナチ支配のもとで生じた芸術方法の急速な衰退は、どうやらほとんど気づかれずに進んでいたようだ。劇場の建物の破損のほうが、上演方法のそれよりもはるかによく目についたのは、前者がナチ体制の崩壊の際に生じ、後者はその成立の際に生じたという事情と、おそらく関連している。事実、今日でもなおゲーリング劇場（ゲーリングはナチス政権の幹部で、ベルリンの「プロイセン国立劇場」を統括していた――引用者注）の《輝かしい技術》なるものについて、そんな輝きなど今や滅びてしまったことには無関心に、まるでそのような技術が継承できるかのように語られている。社会の因果関係の隠蔽に役立った技術が、それの暴露のために役立てられるかのように(2)！

ここでブレヒトが指摘したのは、ナチス体制の下で上演されていた演劇の方法が、その体制を補完する役割を果たしていたこと、そしてそのことに演劇人も観客も無自覚であったし、今もなお無自覚である、ということであった。徹底した批評意識の確立が急務となった。

（注）
（1）詩「私が故郷に帰ってきたとき」より。
（2）エッセイ「私の専門に関する若干の覚書」（『ブレヒトの文学・芸術論』所収）

新しい方言

かつて、彼らが女房たちと玉葱のことを話していたころ、
店はまたしても空っぽだったが
まだ彼らは、ため息や罵《ののし》り、ジョークが分かった
それを口にすることで耐えがたい暮らしが
底辺でもなんとか営めた。
いま
彼らは支配者となり、新しい方言を話している
彼らだけにしか分からない、ちんぷんかんぷんの党幹部語(1)が
脅しつけ、教育する声で語られ
店に溢れる——玉葱はなく。

党幹部語を聞く人からは
食べ物は失せる
それを話す人からは

聞く耳が失せる。

以前は同じ階級に属していた人びとが、〈新しい方言〉の発生によって、それを話す人と聞く人、理解する人と理解しない人に分断され、新たな支配・被支配の関係が成立している。かつて暮らしは困窮していたが、相互にわかりあう言葉があった。ため息や罵り、ジョークはとりもなおさず民衆の言葉である。しかしそれはいま、脅しつけ、教育する声で語られる難しい党幹部語によって、沈黙へと封じ込められる。民衆はただ聞く人となる。一方、話す人は聞くことをしない。〈新しい方言〉とは、民衆の耳には届かない党幹部たちの言葉へのブレヒトの皮肉で、本質を鋭く突いている。プロレタリアの家庭の台所を支える玉葱は、あいかわらず店にはなく、店に溢れるのは理解不能の〝方言〟なのだ。

この詩は、ブレヒトの最後の詩集『ブッコウ哀歌』に収められている。

『ブッコウ哀歌』は二三篇から成る小さな詩集で、そのほとんどがエピグラム（寸鉄詩）調の短詩である。ブッコウとは、ベルリンの東約五〇キロに位置し、湖と緑豊かな丘陵地に恵まれた小さな町である。ブレヒトはその湖畔に別荘を借りていた。ベルリンの喧騒を離れ、週末などをこの家で、執筆と読書の時を過ごすことも多かった。

一九五三年の夏、このブッコウの地で一気に書かれたのが、ここに収められた詩である。その執筆の直接のきっかけとなったのは、旧東ドイツがドイツ民主共和国という名の社会主義国家として出発して、四年目にして最大の危機となった「6・17事件」である。

この出来事はブレヒトにも大きな衝撃を与えた。労働ノルマの引き上げに反対する労働者たちのデモに端を発した暴動を、ソ連軍の武力をもって鎮圧した事件である。この政府（ドイツ社会主義統一党の独裁体制）の対応への支持と批判との間で葛藤したブレヒトの複雑な心境が、この詩集の中に哀歌（エレジー）として、ときに鋭い批判や告発として、またときに静かな内省として表現されている。

「6・17事件」の概要を、ブレヒトの手紙からの言葉を拾いつつ押さえておきたい。

労働者たちの憤激は正当なものでした。ＤＤＲ（東ドイツ）の地域に性急に重工業を建設することを目的とした政府の諸施策の不手際が、農民や職人、商人、労働者や知識人を、同時に反対派に廻していましたし、昨年はひどい雨不足に加えて数十万の農民の離村が原因で凶作となり、住民の全階層がひとしく食糧危機に見舞われていました。……労働者に対しては、全般にノルマを高めることといった諸措置が、生活費の横ばいどころか上昇という状況のもとで取られてきていました(2)。

こうして街頭に出た労働者たちの抗議行動は、だが次第にその様相を変える。

数年来まとまって登場することのなかったものの、この土地に依然として残っていたナチ時代の油断ならぬ残虐な連中が混じり込んできました、たちまちスローガンは変化して、〝政府を倒せ！〟から〝やつらを吊るせ！〟にまで、歩道からの演出に引きずられていきました(3)。

暴動は、昼頃にはベルリン以外の都市にも波及する。そして昼過ぎ、戒厳令が敷かれ、ソ連軍の戦車部隊の出動によって鎮圧される、という展開を見せたのである。

ブレヒトは、労働者の不満の正当性を認め、その蜂起に理解を示しながらも、組織力に欠け、スローガンも混乱して何の方向性も持ち合わせぬ彼らの行動が、組織されたファシスト分子によって不当にも利用され、ベルリンは第三次大戦の瀬戸際にある、と判断した。そしてその日のうちに党首ウルブリヒト宛の書簡で、ドイツ社会主義統一党への連帯を表明したのである。

しかしその同じ書簡のなかで彼は、「社会主義建設のテンポに関する大衆との大々的な論議は、社会主義が獲得してきたものを精査し、確かなものとしてゆく道です[4]」と述べて、大衆との十分な論議の必要性を訴えたが、この部分はカットされて、党との連帯を表明した部分だけが、党の機関紙に掲載されたのである。当然、西側からのブレヒトへの非難の声が大きく上がった。

（注）

（1）「党幹部語」と訳した原語は、Kaderwelsch である。「訳のわからない語」を意味する本来のドイツ語は、Kauderwelsch であるが、その一文字を省いて、kader-（幹部）としたブレヒトの造語である。

（2）ペーター・ズーアカンプ宛の手紙（1953.7.1）『ブレヒト全書簡』所収。

（3）同右。

（4）ヴァルター・ウルブリヒト宛の手紙（1953.6.17）『ブレヒト全書簡』所収。

解　決

六月一七日の蜂起の後に
作家同盟の書記は
スターリン通りでビラを撒かせた
そのビラにはこうあった、人民は
政府の信頼を棒にふった
この信頼は倍の労働によってのみ
取り戻せる、と。それなら
いっそ手っ取り早いのではあるまいか、政府が
人民を解散して
別の人民を選んだ方が？

この詩は実際の出来事を基にしている。当時の東ドイツ作家同盟の書記で、党中央委員の一人であった人物が、この事件の三日後に党機関紙に詩を発表し、そのなかで抗議に立ち上がった労働者たちを公然と非難し、政府に与えた恥辱を償うにはさらなる労働に勤しむべし、との見解を述べたのである。ちなみに、この蜂起はスターリン通りの建設に従事していた労働者たちの間から起こったものであった。

労働ノルマの強化に反発した労働者たちの蜂起であったにもかかわらず、そのつぐないに倍の労働を要求する当局の〈解決〉策に対しては、いっそ人民をまるごと取り替えては、という不条理な〈解決〉策を対峙させることによって、政府の施策の誤りに対するブレヒトの批判は、いっそう痛烈なものとなっている。

◇

習性、まだ残る

皿が乱暴に差し出される

スープがパシャッと飛び散る。
かん高い声で
命令がひびく、食事だ！

プロイセンの鷲が
ヒナの口の中へ
餌をつついて放り込む。

八年前

ある時代があった
その時ここでは何もかも違っていた。
肉屋のおかみさんはそれを知っている。
あの郵便配達人はやけに直立姿勢で歩く。
そして何をしていたんだろう、あの電気屋は？

この二篇とも、一九五三年夏に書かれ、『ブッコウ哀歌』に収められている。
〈プロイセンの鷲〉とあるが、鷲はプロイセン王国の紋章で、ドイツ帝国でも使われ、いわば権力の象徴であった。ここでは、東ドイツの官僚的政治や軍隊的作法を表象している。戦後は徹底した非ナチ化がなされた筈であるが、両者は、支配と被支配の構造において、そして日常のふるまいにおいて、どれほどの違いがあったろうか。かん高い命令口調はナチ時代を思わせる。また、生産基盤がほとんどゼロからの立ち上がりであったとはいえ、民衆の生活物資を管理統制し、わずかなものを餌をあてがうように支給するやり方においても、旧時代を彷彿とさせた。民衆は生殺与奪権を握られたヒナのごとくである。権力者の日常のふるまい方のなかに、清算したはずの古い習性が生き残っていることを、ブレヒトは見逃さない。ナチズムへの徹底した批判に基づく意識改革がなされないまま、急ピッチで国家建設が進行していったのである。

「八年前」という詩をみてみよう。八年前といえば一九四五年、終戦の年である。この五行詩の真ん中に立つ肉屋のおかみさんが過去と現在を仲立ちする。彼女は八年前も肉屋をやっていたのかもしれない。郵便配達人の歩き方を見れば、八年前はナチの軍隊の忠実な兵士を勤めていたことがわかる。いま電気屋をしている彼は、いったい何をしていたのか。肉屋のおかみさんはそれを知っているのかもしれない。

読者の想像力は刺激される。忌まわしい過去はすっかり葬り去られたのではなく、この現在にも時に姿を変えて、依然として生きている。最後の問いかけは、読者のなかに波紋を広げ、各人が自分の八年前にも思いを馳せずにはすまない。過去への反省と現在の自分の点検作業を、課題として受け取ることになるのである。

「ブレヒトのたぐいまれな独創性は、何百という具体的なデテールからわずかを選び出し、それらが簡素で含蓄に富む具体性と精神化された客観性とで、さまざまな状態や事件、認識の複合総体を呼び出し、それを数少ない暗示的身ぶりで示唆する、という点にある」(1)と述べたのは、E.フィッシャーだが、彼の言はこの詩でも見事に妥当する。

(注)

(1) エルンスト・フィッシャー「実行し難い単純なもの」(『ブレヒトの思い出』所収)

タイヤ交換

私は道端の土手に坐っている。
運転手がタイヤを交換している。
私は好まない、私が出てきた所を。
私は好まない、これから向かう所を。
なぜ私はタイヤ交換を見ているのか
いらいらして?

これ以上ことばを削ぎ落すことは出来ないほど簡潔な文体の六行詩で、〈私〉がいま置かれている状況と、その状況に対する〈私〉の態度とが語られている。四行目までは一行一文で進んできたが、最後の二行で、詩は形式、内容ともに大きな転換を見せる。これまでの流れを断ち切るように投げかけられた問いは、作者とおぼしき〈私〉が自らに問いかける形になっているが、読み手もこの問いと共に不確かなものの中に投げ出され、新たな状況認識を迫られる。

この詩を客観的側面から統括する語が、詩のタイトルの〈タイヤ交換〉とすれば、主観的側面を統括するのは、末尾の〈いらいらして〉という語である。どうやら〈私〉が乗ってきた車がパンクしたらしい。これからどこへ向かうのか、行先は明らかではない。ともかくその途上で〈私〉は停止を余儀なくされている。この思わぬハプニングを契機として、〈私〉はこの行程の来し方と行く末を問い直し、自分の今の立ち位置を見定める。

三、四行目の〈私は好まない〉に続く、〈出てきた所〉を、ナチズム支配下のドイツと見るのは妥当として、〈向かう所〉を、東独の社会主義、と見るのは誤りであろう。一九四九年に東西ドイツがそれぞれに国を立ち上げ、冷戦構造の落とし子であった分断と対立が激化する現実は、恒久的平和と一つのドイツが悲願であった全てのドイツ人にとって容認できないものであった。ブレヒトもまたその一人で、「私は、東西分裂に文化の領域で抵抗するために、考えうる限りのことをせねばならぬと思う」と手紙に記している。彼が好まぬ向かう先とは、東西の分断と対立が固定化し、深化する方向を指していると解釈したい。

この詩が6・17事件を念頭に置いて書かれたことは、改めて言うをまたない。新しい社会主義国家の建設に乗り出して四年目での大きなつまずきを目の当たりにして、ブレヒトの〈いら立ち〉とは、単に〝停止〟を余儀なくされたことに対してではあるまい。〈タイヤ交換〉は果たして政治の方向転換をもたらすのか。いかなる変化が期待できるのか。〝パンク〟の原因は充分検討されたのか。再び拙速の過ちを犯すことにはならないか。後戻りはできない。そして途中下車もありえないとすれば。この先の道の険しさを、ブレヒトは痛切に実感していたに違いない。

◇

きみは長い労働に疲れている
演説家は繰り返し話す
延々と話す、骨折って話す
忘れるな、疲れた人よ
あれは真実を話しているのだ。

何度も言うな、教師よ！　きみの言うことは正しい
それを知るのは生徒に任せよ！

真実をあまり酷使するな、
それは真実には耐え難いことだ。

話しながら聞け！

この二つの短詩は『ブッコウ哀歌』には含まれてないが、同じ頃に書かれたものである。旧東ドイツで、政治家や党官僚などがよく行った長演説を示唆している。「6・17事件」の後、政治路線や文化政策などをめぐっての党幹部たちの議論が背景にある。

〈真実をあまり酷使するな〉とはどういうことか。真実を語ることに異を唱えているわけでは

ない。くどくどと繰り返されることで、真実は使い古され、消耗し、痩せ細る、と言いたいのではなかろうか。最後の行にある〈話しながら聞け！〉が重要なメッセージとなる。「聞く」とは、民衆の声を聞くことである。先に掲げた詩「新しい方言」でもテーマとなっていたが、話すことと聞くことを表裏一体の行為とすること、同様に、「教えることと学ぶこと」も表裏一体の関係におくことを、ブレヒトは重要視する。国家の未来は、理解不能の党幹部語で声高に、教育する声で語るのではなく、民衆の言葉で語られなくてはならない。民衆が参加し、かれらの知恵が生きる町づくり、国づくりがなされて初めて、豊かで堅固な社会が創られると、彼は言いたいのであろう。

こうした問題意識をさらに進めて、一つの芸術論として提起している文章があるので、次に紹介しておきたい。

あの６・17事件以前にも、また第二〇回党大会の後の人民民主制においても、多くの労働者に、そしてまた主として芸術家たちに不満があるのを、我々は経験していた。こうした不満は一つの同じ源から発していた。労働者は生産の増大を強く迫られ、芸術家はそれを美化することを迫られていた。芸術家には高い生活水準が与えられたが、労働者にはそれが約束されただけだった。芸術家の生産も、労働者の生産も、目的のための手段という性格を持ち、それ自身で喜ばしいものとはみなされなかった。社会主義の立場からすれば、私の意見だが、このような手段と目的という区分け、生産行為と生活水準という区分けは止揚されねばならない。我々は生産行為を本来の生活の中身とし、それ自体で魅力的であるように形成し、多くの自由、さまざまな自由をそれに付与しなければならない。[1]

次の詩は、こうした労働や芸術のあるべき姿を、詩的形象のなかに表現しているように読める。

（注）

（1）エッセイ「不満の根源」（『ブレヒトの政治・社会論』所収）

◇

漕《こ》ぐ、対話する

夕暮れどき。滑るように通り過ぎる
二艘《そう》の折りたたみボート、その中に
二人の裸の若者。並んで漕ぎながら
話をしている。話しながら
漕いでいる、並んで。

『ブッコウ哀歌』の一篇である。一見して何の変哲もない情景描写にみえる。〈二艘の……、二人の〉と、行頭で数字の二が繰り返される点に、わずかに引っかかりを覚えつつ読み進める。そして最後の二文が、〈並んで漕ぎながら／話をしている。話しながら／漕いでいる、並んで〉と、交差配語法の形をとって繰り返されていることに気づくと、そこに何らかの意図を感じざるをえない。

二人の若者が二艘のボートに乗っている。一艘に二人で乗り込み、一方が漕ぎ、他方が休んでいるのではない。また、どちらかが先に進み、他を先導するのでもない。つねに二艘は並走する。

そしてさらに注目すべきは、「漕ぐ」と「話す」の二つの行為が同時進行で、互いに交錯しあっていることだ。そこでは漕ぐ行為は、何らかの目的のための手段としての労働ではない。話す行為も、骨の折れる一方通行の行為ではなく、自由に心楽しく交わされる対話である。〈裸の〉と〈若い〉という形容詞がその場に広がる自由な空気を表している。

夏の夕暮れ、涼やかな風を受けて、ボートを並走させながらの対話は、なんと心楽しく、またそれを眺める人をも幸福にさせる営みであろうか。この情景を目にしてブレヒトの脳裏には、若き日、故郷アウクスブルクのレヒ川で友人たちと遊んだ夏の幸福な日々が甦ったにちがいない。労働生産も芸術活動も、共に補いあって人間の生活の内実を豊かに、喜ばしいものにする営みなのである。

ブレヒトが最後の詩集を「哀歌」と銘打ったのは、社会主義の実現に寄せる期待と、現実の社会主義との齟齬《そご》を深く感じてのことであったろう。この『ブッコウ哀歌』を丹念に読み解くことで、彼がこの不協和音をどう捉え、どう軌道修正を図ろうとしていたかが、見えてくるように思う。

第8章　新しい国の姿を探る——戦後の東ドイツで（2）

ローザ・ルクセンブルクの墓碑銘

ここに埋葬されているのは
ローザ・ルクセンブルク
ポーランド出身のユダヤ人
ドイツ労働者の先頭で闘ったひと
ドイツの抑圧者たちの命で
殺された。被抑圧者たちよ
きみたちの不和を埋葬せよ！

一九四八年末に成立。カール・リープクネヒトとローザ・ルクセンブルクの没後三〇周年（一九四九年一月一五日）に寄せて、ドイツラジオ放送（ソヴィエト占領区）の委託を受けて書かれた。ローザは、一九一九年一月一五日に、ベルリン市内で反革命義勇軍の手で虐殺され、遺体は運河に投げ込まれた。

なお、ブレヒトはローザの生涯を描いた戯曲の執筆を手掛けたが、頓挫したままに終わった。序幕で行き詰った理由について彼は、「事実に忠実なドラマ化は労働運動の分裂を深め、古傷をあらためてほじくることでしかない。それは、反動勢力に直面し、自分たちの戦列を固めることが急務であることを考慮すれば、無責任なやり方だ」と語っていたと、エルンスト・シューマッハーは書いている。（「ブレヒトは消えない」『ブレヒトの思い出』所収）

◇

ルイーゼ通りの瓦礫のなかを

ひとりの女性が自転車で通っていった

ハンドルの上にブドウの房をのせて
走りながら食べていた。その食欲を目にして
わたしも食欲をおぼえた
ブドウの房にだけでなく。

戦後、廃墟のベルリンに帰還して間もないころの詩である。このルイーゼ通りのほど近くに、ベルリナー・アンサンブルの事務所があった。たまたま見かけた光景であろう。まだ瓦礫の山の残る町と、その中をさっそうと自転車で通り抜ける女性の溌溂とした姿の対照が、まず印象的である。おそらく若い女性であろう。走りながらハンドルの上に乗せたブドウの房にかぶりついている。その一瞬の光景が詩人の目に焼き付いたのである。みずみずしく熟れたブドウの果実が、女の喉の渇きを癒し、食欲を満たす。おそらく彼女の表情は、生きていることを実感する喜び、人間らしく生きることへの真っ直ぐな欲望を表して、美しく光り輝いて見えたのではあるまいか。ブレヒトはそれを見て、「わたしも食欲をおぼえた／ブドウの房にだけでなく」と結んだのである。その一瞬の幸福感の内に、彼はこの国の未来のあるべき姿をかいま見たと思う。命をつなぐだ

けの食糧に甘んじることは人間的ではない。ブレヒトは食を楽しみ、食欲を満たす喜びを素直に肯定する。それは人間らしく生きることと不可分なのだ。自由に、身も心も解き放って、生きる喜びや人を愛する喜びを追求すること、そしてその実現こそが、この社会の建設の目的でなくてはならないとの思いを、ブレヒトは新たにしたと思う。

次の詩は、その数年後に書かれたものである。

◇

「幸せな出会い」

六月の日曜日、若い森に
村から木いちご摘みにきた人たちは、聞く
職業学校に学ぶ女たちや少女たちが
教科書の弁証法や子育てについての
文章を、大きな声で朗読しているのを。

教科書から目を上げると
女生徒たちは目にする、村人たちが
茂みから木いちごを摘んでいるのを。

ここには二重、三重に幸せな出会いがある。戦火で焼失した森にも少しずつ木々が育ち、新緑の六月を迎えている。森の自然は木いちごの実りをもたらし、休日にいちご摘みを楽しむ村人たちの平和なひとときがある。そして森の静寂を破ってかれらの耳に聞こえてくるのは、おそらくにわか造りであろう校舎で学び始めた娘たちの、教科書を読み上げる若い声である。〈弁証法や子育てについての文章を〉とある。敗戦後の混乱を経て、再び学び舎に戻った若い人たちが、真摯に、社会変革の理論と実践的知識の双方を合わせ学ぶ様子を耳にしたことは、村人たちにとっても、明日への希望を抱かせる幸福な体験であった。

一方、生徒たちも、声を休め、ふと外を見やると、木の間隠れに木いちごを摘む村人の姿が見える。日々の労働からつかの間解放されて、日曜日に森に遊ぶ人びとのくつろいだ姿を目にすることは、やはり心満たされる幸福な出会いであった。

学習と、日々の労働、そして楽しみごと、そのいずれもが自己目的化されるべきではなく、またどれ一つを欠いてもならない。この三つのモメントが一つになって実現されるところに、ブレヒトの描く幸福のイメージが立ち上がるのだ。


晩年のブレヒトの詩では、だれしもが幸福になる権利をもつことが、ひとつの大きなテーマになっていることに気づかされる。敗戦ですべてを失ったなかから懸命に生きる庶民の生活風景を直視し、新しい国造りはどうあるべきか、そのために文化を担う者として何をなすべきかを先ず考えていたように思う。その際、ブレヒトを駆り立てていたものに、政府から与えられた特権を手にしていることへの罪の意識があったことも、おさえておきたい。

東ドイツ政府は、亡命していた著名な作家や文化人を国家の顔とすべく迎え入れ、さまざまな特権を与えて厚遇した。「新しい家」と題する詩では、自分がきれいな家をあてがわれた一方で、何千人もの人びとがまだ穴居生活をしていることを忘れないよう、毎日廃墟の市中を通る、と書いている。また、「いやな朝」と題する詩には、労働者の潰れた指が、ハンセン病者を指すように、自分を指している夢を見た、とある。特権に安住することなく、つねに民衆の視点に立つことを、ブレヒトが原点においていたことは言うまでもない。

一九五〇年前後の詩には、建設をモチーフにしたものも少なくない。当時は大掛かりな道路建設や画一的な集合住宅など、国家主導の都市づくりがあちこちで急ピッチで進行していた。しかしそれらは、統計に入るだけのもので、そこに住む民衆の知恵が生かされた歴史に加わる都市とはならない。それではいったい何のための建設か、というブレヒトの批判があった。

◇

鉄

昨夜、夢で
大きな嵐を見た。
嵐は建築の足場を襲い
枠組みをかっさらった

鉄の枠は落下した。
だが木製のものは
たわみながら、残った。

詩集『ブッコウ哀歌』に収められた一篇である。一九五三年の夏の作で、この年の三月にスターリンが亡くなっている。〈鉄〉は、スターリン、およびスターリニズムを暗示しているとみていいだろう。最も堅固であると見えた鉄製の枠組みが、嵐に遭い落下する。一方、木製の枠組みは、木の属性でたわむことによって嵐をしのぎ、持ちこたえることができた。木のしなやかさは、ブレヒトが重きをおく民衆の知恵のイメージと重なり合う。たわむことのできぬ鉄は、硬直した権力機構を表し、〈嵐〉とは、この年の「6・17事件」の比喩とも読める。実際には、政府が強権を行使して、〈嵐〉を静めることができた。だがブレヒトは、鉄骨が墜落したさまを、夢で見た出来事として語った。嵐にも耐えるしなやかさが本当の強靭さであり、硬直した権力機構は、いずれ民衆の知恵の前に脆くも崩壊するであろうことを、ブレヒトは予見していたといえよう。

どのような国造りをするのか。それは政治の問題であり、文化の問題でもあった。そのプロセスは、ファシズムの負の遺産とどう向き合い、それをどう清算し、どのような未来を切り開くのかという問題と向き合うことから始めねばならなかった。しかし、ブレヒトは戦後の早い時期から、ドイツではナチズム批判が欠けていると指摘していた。

ドイツから聞こえてくることすべてによると、ナチズムを《批判に値しないもの》として扱うことで、実際にナチズムを批判することを怠っている。ナチズムの失敗の壊滅的な影響を当てこんでいるのだ。（『作業日誌』1947.12.24. より）

また、ナチズムをある極端なもの、跳ね上がった行為などとして精神的に隔離する傾向にあることにも異を唱えた。ナチスについて語ることが、むしろタブー視され、もっぱら隠蔽し、抑圧する方向で、ナチ問題の処理が行われたのである。

「我々は貪欲に未来に向かうために、あまりにも早く直近の過去に背を向けてしまった。だが未来は、過去の処理如何にかかっているのだ(1)」とブレヒトは指摘している。

反ファシズムを標榜し、社会主義国家として出発した東ドイツだが、その未来を建設する足場のもろさ、枠組みの危うさを、ブレヒトは早くも憂慮していたことが、この「鉄」という詩からもうかがえる。

文化政策においても、党と、作家・芸術家たちの間の軋轢は早くも始まっていた。政府機関である「芸術問題国家委員会」が、芸術・文化活動をその管轄下に置き、出版や上演、演奏会、展示会などの許諾の決定権を握っていた。それに対する不満が芸術家の間に高まっていたのである。ブレヒトは当初より、「芸術院」（著名な進歩的作家・芸術家の組織、一九五三年三月設立）こそが、芸術の分野ではもっとも重要な機関でなければならないとし、芸術の様式や形式、芸術の価値に関しても、芸術院自身が決定権をもつべきである、との考えを表明している。

芸術院の会長となったJ・ベッヒャーより委任されて、政府に渡す提案書の作成にブレヒトは携わったが、その十項目にわたる提案の第一項目で、次のように述べている。

公衆に対する芸術家の責任が再び回復されねばならない。上演プランに対しては劇場監督が、コンサートには主催者が、作家活動には作家と出版社が、展覧会には芸術家から成る審査委員会が責任を持たねばならない。国家機関は芸術をあらゆる考えうる方法で支援すべきであるが、しかし、芸術の創作や様式の問題については、いかなる行政的措置も控えるべきだ。批評は公衆にゆだねられねばならない。[2]

また、それに続く項目では、芸術のあらゆる分野で、公衆のさまざまな層に働きかける多様なテーマや表現方法が展開され、奨励されることが不可欠であること、さらに、芸術に関わる規則や法律を取り決める際も、助言者および鑑定人として芸術院の専門家集団が関与することで、それぞれの専門の高い能力と資格が保証されねばならない、としている。

提案の四項目目で、日々の新聞の言葉に言及している点にも注目したい。「官僚的で紋切り型の言葉は、公的問題への国民の関心を萎えさせるとともに、両ドイツの意思疎通を困難にする」と述べているが、これは東独の政府機関紙『新ドイツ』を念頭に置いての直截な批判であろう。社会を構成する多様な層の相互理解をリードする重要なメディアとしての役割、と同時に、青少年の育成にもかかわる新聞の教育的機能を重視しての発言と思われる。

（注）

（1）エッセイ「文化政策と芸術院」（『ブレヒトの文学・芸術論』所収）

（2）エッセイ「ドイツ芸術院の声明」（同右）

◇

花園

湖畔の、モミの木とポプラの間の奥に
塀と茂みに守られて、庭がある
月ごとの花を賢くしつらえて
三月から十月まで花を咲かせている。

ここに、朝、わたしはときどき坐って
願う、わたしもまたどんな時にも
天気のいいときも、悪いときも
あれこれの心地よいものを示せたならと。

この詩には、晩年の作家ブレヒトの芸術に対する思いが読み取れる。高く伸びる樹々の奥に隠れるように、塀と茂みに守られて小さな花園がある。だれが造ったかはわからないが、三月から十月まで花が絶えぬよう知恵をほどこしてしつらえられてある。そこに坐り、自分もこのように花を咲かせたいと願う。

「植える」という行為は、「書く」という行為でもある。どんな状況にあっても、良いときも悪いときも、人びとに生きる喜びを与えうる多様な芸術が花開かねばならない。そしてそこには、しなやかな知性に育まれた人びとの知恵が生きているのである。

ソヴィエトで、一九三〇年代初めに創設された「ソヴィエト作家同盟」は、唯一有効な創作方法として「社会主義リアリズム」を掲げ、これを共同綱領として作家たちに強要した。前衛的な芸術や多様な実験的手法は、「形式主義」(フォルマリズム)とのレッテルを貼られて排除されたのである。ソヴィエトを範とする東ドイツ政府は、文化政策においてもこれに倣って、社会主義リアリズムをスローガンに掲げ、芸術家に強制したのである。

これに対しブレヒトは、「官僚の芸術観を作品の中に移植するなんてことは、芸術には不可能だ。規格に応じて人が製造できるのは、長靴ぐらいなものだ[1]」と、皮肉たっぷりに批判した。「社会主義的でリアリスティックな芸術の原理が研究されずに、様式として扱われて、それを多種多様な芸術家に単純に押し付けようとした。それは悪しき平等主義につながるもので、それなしには芸術が成り立たない個々人の個性的な創作の意欲を削ぐことにもなる[2]」とも述べている。

しかし注意したいのは、ブレヒトが反対したのは、党が公式スローガンに掲げて、芸術を政治の支配下に置くイデオロギーとしての「社会主義リアリズム」であって、「社会主義」と「リアリズム」を否定したわけではないことだ。社会主義の観点に立つリアリズムは、高い質を持ち、高度に個性化した芸術を求め、政治的幼稚さを退けることは芸術批評の任務であるとの見解を示し、「われわれの社会主義リアリズムは、同時にまた批判的リアリズムでなければならない[3]」と結論づけている。

（注）
（1）エッセイ「私たちは何をなすべきか」（『ブレヒトの文学・芸術論』所収）
（2）エッセイ「社会主義リアリズムの強制に反対して」（同右）

（3）エッセイ「文化政策と芸術院」（同右）

疑う人

いつも私たちは
ある問題への答えが見つかったと思ったときには
私たちのだれかが、壁に巻き上げてあった
古い中国の掛軸画を紐といた、そこには
床几《しょうぎ》に坐った男が見えた、かれは
大いに疑う人であった。

わたしは、とその男は言った、
疑う者だ、わたしは疑う、

きみたちが何日もかけた仕事はうまくいったのかを。
きみたちが言ったことは、言い方が拙くとも、何人かの人には役に立つのか。
きみたちはそれを正しく言ったか、そして
言ったことの真実さに頼りきっていないか。
意味があいまいではないか、どんな誤解であっても
きみたちの責任だ。意味が明白だとして
事柄から矛盾を遠ざけていることもある、それで明白すぎるのではないか？
もしそうならきみたちの言うことは使いものにならぬ。それでは事柄が死んでいる。
きみたちは本当に事象の流れのなかに身をおいているか？　了解するか、
生成するすべてのものを？　きみたちもまだ変化しているか？　きみたちは何者か？
だれに向かって話してる？　その言葉はだれの役に立つ？
そして、ちなみに
それは冷静にさせるか？　朝に読めるものか？
現に有るものと結びついているか？
前に言われた文章は利用したか、少なくとも反駁してあるか？　すべて証明可能か？

経験によって？　どんな経験で？
だが何よりも
くり返し真っ先に問うのは、人はどう行動するか、
きみたちの言葉を信じるときに？　何よりも、人はどう行動するか？

私たちは青い衣の
疑う人の掛軸を巻き戻した、そして互いに目を交わし、
また一から始めた。

この中国の掛軸は、一七世紀の終わり頃の作とされ、考えにふける風情で床几に坐っている男が描かれている。ブレヒトはこれを、転々とした亡命地の行く先々で、そして最後の住いとなった東ベルリンのショセー通りの家でも、工房といった感じの彼の書斎の壁に掛けていたという。

詩作であれ、ドラマ創りであれ、このように問いを重ねることは、彼の創作のプロセスそのものであったに違いない。詩の言葉は幻惑するためのものではなく、より具体的で有効な認識に導

くために徹底して吟味されねばならなかった。そして何よりも問いかけの意図は、作品がどう読まれ、どう機能するかに、透徹した理性の眼を行き届かせることだったろう。

彼の発する問いも、実に簡潔にして的を得ている。事柄の真実性に凭れかからず、それをどう表現するのか、表現方法を重視していることも注目すべきだ。言葉は誤解を生む曖昧さがあってはならない。しかし、事柄自身が含む矛盾、生き生きとした多面性を捨象してしまっての単純さでは、詩が平板で内容空疎なものになってしまう。

さらに重要なこととして、人間も含め一切の存在物の可変性が挙げられる。自らも事物も、歴史の流れのなかにあり、互いの関わり合いのなかで変化し発展しうるものとして捉えられているかどうかに、真のリアリズムの成否がかかっている。継承された知識や過去の文化遺産は、不変の価値を有するものではなく、現在を生きる人びととの新しい経験によって検証され、批評され、新たな意味づけがなされねばならない。詩作する行為そのものが、「歴史の制約を受けつつ、しかし同時に歴史を形成する」(1)という弁証法的な関係のなかに成り立つものでなければならない、とみるブレヒトの基本姿勢が、この詩「疑う人」のなかにも読みとれる。ここには、いわば弁証法的リアリズムに至る道筋が示されているように思われるのである。

（注）

（1）エッセイ「ワーズワースの詩『彼女は歓喜の幻』によせて」（In: Bertolt Brecht: Über Lyrik）より。

◇

春

一本の細い枝に
ひとつ花が咲いた
昨夜、がんばったのだ
五月を逃がさなかった。

わたしはまったく信頼せずに
その木を非難していた

見かけと必要度で。
あやうく切り倒すところだった。

一読して通り過ぎてしまいそうな詩である。しかし、ブレヒトの詩に多少とも親しんだ者には、彼が詩を書き始めた一〇代から、自然、とりわけ木を好んでテーマとしてきたこと、また、木のモチーフは変容しつつも、彼の人生の節目ごとに、常に重要な意味をもってきたことが想起されて、立ち止まらせるものがある。

木のモチーフで真っ先に思い浮かぶのは、第5章で紹介した亡命期の詩「後から生まれてくる人びとへ」にある、〈木々についての会話は、ほとんど犯罪に等しい〉や、〈自然を見るといらだった〉などの詩句であろう。自然への関心を断ち切って生きなければならなかった亡命時代には、〝いらだち〟から免れなかった。

その時から多くの歳月が流れた。いまも彼は〝いらだち〟から免れてはいない。しかし、もはや自然に対してではない。現実社会とのスタンスをはかるうえで、自然はかれに多くの示唆を与えてくれるのである。

再びこの詩に戻ろう。春五月。その木は季節を違えず、花をつけた。それは当たり前のようで、当たり前のことではなかった。見たところ、とても花を咲かせるとは思えず、役にも立たない木として非難し、〈あやうく切り倒すところだった〉。それを知ってか知らずか、開花の時期を見送ることなく、五月のうちに、細枝にひとつ花をつけたのだ。その驚きと不意の喜び。作者は毎日その木を観察していたことがうかがえる。昨日までは花をつけていなかった。〈昨夜、がんばったのだ〉というフレーズに、人間の思惑や憶測の及ばぬところで、自然の生命のいとなみが続けられていることを改めて認識し、いとおしさと静かな喜びに心満たされる情景が浮かんでくる。

◇

慈善病院の白い病室で

私は朝早くに目覚めて
クロウタドリが鳴くのを聞いたとき、

それが前よりもよくわかった。もう久しく
私に死の恐怖はなかった、何ひとつ
私にはなくなるものはないのだから、
私自身がいないとすれば。いま
私は喜ぶことができた、
私のいない後のクロウタドリの歌声のすべてをも。

一九五六年の五月に、インフルエンザでベルリンの慈善病院に入院した折に書かれたという。この年の八月一四日に、ブレヒトは五八歳で死去する。すでに間近な死を予感していたような静かな心境をうかがわせる。透明感と不思議な明るさをも感じさせる詩である。

クロウタドリはツグミの一種で、雄は全身が黒く、嘴と目の周りの細い輪だけが黄色い。ヨーロッパでは、ごく身近に公園や庭などで見られる最も親しまれた鳥の一つである。良く響く澄んだ囀《さえず》りが美しいことでも知られる。

白い病室のベッドで、まだ明けやらぬ早朝の静寂な空気をついて囀る、クロウタドリの歌声に聞き入るブレヒトの心中は、深い安らぎに満たされていたように思う。そしてこの瞬間と同じように、自分の死んだ後も、クロウタドリの歌声が人びとに喜びをもたらすことを確信しての安らぎだったようにも思われる。

補章　ブレヒトが詩について語る

ブレヒトは、詩論というべき体系だったものは書き残していない。リアリズム論を核とする彼の芸術理論は、主に一九三〇年代の後半から四〇年代にかけて書かれた。

ここに訳出したものも、最後の、「詩はどう読まれねばならないか」を除いて、一九三〇年代後半に書かれたもので、生前は未発表のものばかりである。死後、彼の長年の協力者エリーザベト・ハウプトマンの手で、詩に関するメモ書きのような遺稿がまとめられて、『抒情詩について』と題して出版された。（原本：Bertolt Brecht: Über Lyrik, edition suhrkamp, 1964.）ここに訳出したのは、その一部である。

最後の、「詩はどう読まれねばならないか」は、ベルリンで一九五一年八月に開催された「第三回世界青少年演劇祭」の機会に依頼を受けて、少年ピオニール団への手紙という形で書かれたものである。実際の詩に即してそれを解釈しながら、詩の読み方、詩についての考え方をわかりやすく展開している点で、大変興味深いものである。

抒情詩人は理性を恐れる必要はない

私はその詩作を読んだことのある何人かの人たちを、個人的にも知っている。しばしば不思議に思うのは、その人たちの多くが、少なからず詩においては、ふだんの発言のときよりもはるかに理性を示さないことである。かれらは詩をもっぱら感情で処理すべき事柄と思っているのだろうか？　そもそも純粋に感情だけが関わる事柄などが存在すると思っているのか？　もしそうなら、感情は思想と同じくらい間違うことがあることを、せめて知るべきだろう。そうすれば慎重にならざるをえまい。

二、三の詩人たち、特に初心者は、ある気分に浸っているときに、理性から発するものがその気分を追い払ってしまわないかという恐れを抱くようだ。それに対しては、そうした恐れはまったく馬鹿げたものだということができる。

偉大な抒情詩人たちの仕事場の報告からわかるように、彼らの気分というのは、決して表面的で不安定な、吹けば飛ぶようなものではないので、慎重で冷静な熟慮が邪魔することはありえないのだ。ある種の軽やかな気分や興奮などは、決して冷静さと直接対立しあうものではない。思考による判断基準を近づけるのを嫌うのは、その気分がかなり非生産的なものであることを示している、と思わざるをえない。そのときは、詩を書くのを止めるべきだろう。抒情詩を作る企てがうまくいっているときには、感情と理性とが完全に協調して仕事をする。両者は互いに楽しく声を掛け合うのだ、きみが決めたまえ！　と。

詩の翻訳の可能性

詩は、別の言語に翻訳する際に、あまりに多くのことを翻訳しようとすることで、たいてい最も強く損なわれる。おそらく詩人の考えや態度を翻訳することで満足すべきだろう。原作のリズムのなかで作者の態度を示す要素は翻訳しようとすべきだが、それ以上のことはいらない。

例えば原作者が、ある言葉をふだんは相応しくないような語順で並べて新たな表現をしている場合には、ただそれを模倣するだけでも、その機会を原作から指示されていなくても、言葉に対する詩人の態度は、翻訳できるのである

弁証法

詩が平板で空疎な、つまらないものになるのは、詩の素材が内包する矛盾を取り除いてしまっている場合、あるいは、詩があつかう事物が生き生きとした、つまり多面的で、終わりまで来ていない、終わりまで述べてはいない形での表現になっていない場合などである。政治がテーマの場合は、〝粗悪な〟傾向詩ができあがる。《偏向した表現》、つまりかなり雑で、現実をねじ曲げたり、錯覚を引き起こさせたりする表現を手にすることになる。機械的なスローガンや決まり文句、非現実的な指示などだ。私たち誰もが、あの歌「インターナショナル」のすばらしいリフレインの千番煎じがどんなものかは知っている!

諸国の民よ、この合図を聞け
最後の闘いに起て!
インターナショナルは
人権を闘いとるのだ。

この一節は今日でも、最初に歌われた日と同じに生き生きとしている。どの言葉にも意味があり、すこぶる豊かな注釈が可能だ。人権を闘いとるために、インターナショナルに融合する各国の民衆がいる、彼らが聞く合図がある、そして最後の闘いがある。互いに争ってきた、そしていまも争う諸国の民衆が一つになって再び戦いに挑む、まだ人権を手にしていない民衆がそこにいる！　そこには闘いの困難さを思う気持ちと、そして勝利の確信とがある！こうしたことが賢明かつに壮大に感じられる。

私たちはこのような創作は一つの幸運なケースとみなしがちだ。作品について出来の良し悪しを口にする。あまり良くないものも、良いにしてもごくわずかだとか。しかし実際にはそうしたものは、しばしば単に悪いと言えるものだ。偉大な生き生きとしたスローガンに、貧しく実行不可能で俗物的な意味が付与されて、生きたスローガンがなにか形式的なもの、表面的なもの、気の抜けたものになってしまうのだ。

人類に対する強い責任感から発する、革命家たちの偉大な恐れを知らぬ行為が、〝間違いを仕出かすまい〟と思う連中の臆病さにとって代わる。彼らにとって〝間違いを仕出かさない〟最良の方法は、打破していくことではなく、できるだけ古いことを、しかも古い方法で語ることのようだ。だがそうなれば当然ながら、それはもはや元の古いものの意味合いはない。事柄を見ないで、事柄について語られていることを見たり、きみたちの思いをそのまま語るのではなく、他人が口にしたことを語ってみたまえ、そうすれば、きみたちは、生命のかよわぬ虚偽の空虚な紙上の文学、形式主義的なしろもの、形だけの政治と文学を手にすることになるのだ！

詩を摘み取る行為について

素人は通例、詩の愛好家である場合、詩を摘み取る行為だと言われること、つまり冷たい論理を近づけて、こうした繊細な花のような形成物から言葉や形象をつかみ取ることに対して強い嫌悪感を抱くものだ。それに対しては、花を剪定しても花は萎れることはない、と言わねばならない。

詩というものは、そもそも生命力があれば、それはとりわけ強いもので、思い切った手術にも耐えることができる。できの悪い一行が詩全体をぶち壊してしまうことはないし、できの良い一行が詩全体を救うこともない。悪い詩句を感じ取る能力は、ほんとうに詩を楽しむことができる能力、つまり、良い詩句を感じ取る能力と表裏の関係にある。詩はそのために労力をほとんど要しないときもあれば、多大な労力に耐えるときもある。

素人は、詩を近づきがたいものと思うと、共に持てるあの軽やかな気分を、詩人が一緒に分かち合いたがっているのだということを忘れる。また、詩を作ることは一つの作業工程であり、詩とは、ある移ろうものをとどまらせたもの、つまり比較的どっしりとしたもの、質量的なものだということを忘れるのだ。詩を近づきがたいと思っている人は、実際に詩には近づけない。批評を行うなかに、詩を読む楽しみの大半はあるのだ。

バラを摘み取ってみたまえ、どの花びらも美しい。

批評的態度

批評というものをなにか死んだもの、非生産的なもの、いってみれば余計なものとみなすのは、完全に間違っている。このような批評の見方を広めたがっているのがヒトラー氏だ。実際には、批評的態度こそ唯一の生産的で人間らしい態度である。それは共同作業や前進、生きることを意味する。真の芸術の享受は、批評的態度なしには不可能である。

今日、私たちの生存そのものがとっくに政治の問題となっているときに、抒情詩の生産と消費が、理性に発する批評をシャットアウトできるということに依存しているとしたら、そもそも抒情詩など存在しえないだろう。私たちの感情（本能、情緒）は完全に泥に埋まっていて、私たちの赤裸々な利害と絶えず衝突している状態にあるのだ。

批評は、それが不機嫌な小言といったものでなければ、けっして楽しみを壊しはしない。批評を楽しむ能力がなければ、プロレタリア階級はそもそもブルジョアジーの文化遺産を相続することはできない。歴史的な感覚を持つことなしに、プロレタリア階級は批評を楽しむことはできないが、この歴史的感覚こそが批評のセンスなのである。このことはぜひ理解してもらいたい。

つまり、かつては完璧であったものが、時を経るうちに価値が低下し、もはやこうした完璧さは見られず、致命的な意味で楽しめるものではなくなってしまったといったことが、感じ取られねばならないのだ。

詩はどう読まれねばならないか

親愛なる少年ピオニール団(1)のみなさん！

この本には、私の詩がいくつか載っているでしょう。私はときどき詩について詳しい質問をされることがありますし、また私も子供のころから、教科書に載っていた大半の詩が、子供たちにとってあまり面白いものではなかったのを知っていますので、詩を楽しむことができるには、詩をどのように読まなければならないかについて、私の考えを少し書いてみようと思います。

というのも詩は、カナリヤのさえずりのように、かならずしも美しく歌って、それでお終い、といったものではないのです。詩の場合はちょっと立ち止まって、その何が美しいのかをまず見つけ出さねばなりません。

その例として、Ｊ・Ｒ・ベッヒャーの詩「ドイツ」の一節を取り出してみましょう。この詩は、おそらくきみたちのなかには、ハンス・アイスラーの作曲で歌ったことがある人もいるでしょう。

故郷よ、わが哀しみ　　Heimat, meine Trauer
薄明のなかにある国—　　Land im Dämmerschein —
空よ、わが青き　　Himmel, du mein blauer
故郷よ、おまえはわが歓び。　　Du, mein Fröhlichsein.

ここで、美しいのは何でしょうか?

この詩人は自分の故郷を、〈薄明のなかにある国〉と歌っています。薄明とは、昼と夜の間、もしくは夜と昼の間の時間で、明るさが闇に、闇が明るさに変わっていくときです。それは一日のうちの灰色の時間で、その時をフランス人は、《アントル・シヤン・エ・ルー》と呼び、ドイツ語では《犬と狼の間》と言い、善と悪を正しく区別できない時間です。

この詩人は自分の国を覆うそうした薄明を経験しました。一度は、国がファシズムの手に落ち、非人間性が支配したとき、そしてまた一度は、ファシズムが粉砕されて、社会主義の朝が始まったときでした。ですから彼にとって祖国は、〈故郷よ、わが哀しみ〉であり、〈おまえはわが歓び〉でもあるのです。

そしてつねに彼の記憶のなかには、三行目で〈空よ、わが青き〉とうたう、彼の祖国の美しさが、狼どもが支配していようとも侵すことのできない美しさが、存在しつづけていたのです。

これが内容的なことですが、詩人の感性が深く気高いがゆえに、また、悪が支配しているときには悲しみとともに故郷を愛し、善が権力を握るときには喜びをもって愛するがゆえに、この詩は美しいのです。

しかしまた美しさは、彼の語り方のなかにもあります。〈故郷よ、わが哀しみ〉は、これ以上美しく言うことはできません。そして、〈おまえはわが歓び〉も同様です。これは、ふだんの服装で歩いている他の人たちに混じって、ある人が喪服を着て悲しんで歩くとき、なぜ悲しんでいるのですか、と聞かれて、私の国が殺人者どもの支配下になってしまった、と答えるときのようです。また、ある人が楽しく歌っているとき、なぜですかと聞かれて、私の国が平和に建設されているから、と答えるようなものです。

ここにいるのは、その人の幸福のすべてが他の人たちの幸福に依存しているような人間です。（歓び〈Fröhlichsein〉という言葉は、特に美しく、まるでこれまで言われたことがなかったように新しさを持ちながら、しかし、古くから知られた言葉です。）〈空よ、わが青き〉は、とても優しい響きをもつので美しい。詩人は、〈青き〉というただ一語を使えばいい、すると、もう空は光り輝きます。さらに、この詩のリズムもとても素晴らしい。そこには大きな安らぎがあります。きみたちはそれを口にしてみれば、私の言っていることに気づくでしょう。アイスラーの美しい曲で歌うなら、もっと簡単にわかります。

私は詩を少し摘み取ってみましたが、詩を損なったとは思いません。バラは全体でも美しい、でも、個々の花びらもまた美しいのです。詩というものは、精確に読んでこそ本当の喜びをもたらすのだと信じてください。もっとも、それができるように詩が書かれていなくてはなりませんが。

（注）

（1）少年ピオニール団は、ドイツのソヴィエト占領区で一九四八年に設立された、六歳から一四歳までの子供たちのための組織。

あとがき

大学という場を離れて後に、文学に限らず現代社会の諸問題に関心を持ち、ともに学び合える仲間を見出したことは、うれしいことであった。「再考再論の会」には、そんな本好きの、議論好きの人たちが集まっている。その会に集う人たちを中心に、年四回ほど発行している冊子「再考再論」に、一二回にわたって連載させていただいた拙稿「ブレヒトの詩」が、本書の出版のきっかけとなった。

それ以前にも、若い頃からブレヒトの詩に惹かれて読んできたが、今回の連載にあたり、かれの詩を翻訳するという、高くて堅固な壁に真正面からぶつかることとなり、自身の日本語能力を試される辛い作業ともなった。その過程で、故野村修氏の邦訳にはどれほど助けられたか、感謝の言葉は尽きないことを、ここに改めて記しておきたい。

詩の翻訳は、言葉選びの難しさもさりながら、それ自体が一つの解釈を示すものであり、その解釈の成否をめぐり、逡巡を重ねるばかりであった。しかしそこには新しい発見の楽しみもある。ブレヒトは、詩を読む楽しみの大半は、批評することにあると言った。その詩に生命力があるならば、鋏を入れても枯れはしないと。その言葉に力を得て、自分なりの読みと解釈を提示させていただいた。各方面からのご批判、ご指摘を仰ぐ次第である。

ベルリン・フランクフルト版の『大注釈付ブレヒト全集』全三〇巻のうち、詩は五巻（第一一～一五巻）を占める。膨大な数だが、そこには未完のもの、断片的なものも少なくない。表題のない詩については、全集の原編者の手で、詩の第一行が表題代わりに大文字書きで表記されている。本書では、その第一行を太字で表記した。

もとよりブレヒトの詩は、完成した芸術作品のごとくに、書棚に収め置かれるものとして書かれてはいない。折に触れて手に取り、何度も使うことで手垢がつき、磨り減ったりしながらも、さまざまな使い手によって使いこなされて蘇り、あらたな生命力を付与される道具のようなものとして存在することが、ブレヒトの望むところであったろう。

作家の評価が定まったとき、作品が論議を喚起する力を失ったとき、その作家及び作品の使命は終わる、とブレヒトは考えていた。その考えに深く共感する。

二つの世界大戦を含む激動の時代を生きたブレヒトが、その時々の状況にどうコミットしたか、その言葉と行動は、これからを生きる人びとにとって豊かな教材となり、糧ともなると確信する。本書がその橋渡しの役を果たせるならば、望外の喜びである。

*

本書の出版に際し、親しい研究仲間でもある績文堂の編集者のみなさんにお力添えいただいた。心からの感謝を送りたい。

二〇一九年一〇月一日

内藤　洋子

初出関連論文

本書は左記の論文をふまえて、新たに書き改めたものである。

「初期ブレヒト詩・考（その1）」「影」19号（1977）
「自然の復権――初期ブレヒト詩・考（その2）」明治薬科大学研究紀要第7号（1977）
「木との対話――初期ブレヒト詩・考（その3）」明治薬科大学研究紀要第9号（1979）
「詩の機能について――亡命期のブレヒトの詩・考」明治薬科大学研究紀要第11号（1981）
「ブレヒト　ファシズムの時代を生きて」（『近代ドイツ抒情詩の展開』所収、同学社（1986）
「『タイヤ交換』はできるのか――ブレヒト『ブッコウ哀歌』にみる詩と現実の弁証法」
明治薬科大学研究紀要第18号（1988）
「半世紀を経てのブレヒトからのメッセージ」明治薬科大学研究紀要第30号（2000）
「晩年のブレヒト」明治薬科大学研究紀要第34号（2004）
「ブレヒトの詩 三篇　ファシズム前夜の今に寄せて」再考再論50号（2016.08）
「ブレヒトの詩（2）ナチスを撃つ―『ドイツ風刺詩』より」再考再論51号（2016.10）
「ブレヒトの詩（3）能弁・方便・政治の技術、を考える」再考再論52号（2016.12）
「ブレヒトの詩（4）〝より小さな悪〟について考える」再考再論53号（2017.02）
「ブレヒトの詩（5）『シュテフにおくる小歌』」再考再論55号（2017.06）
「ブレヒトの詩（6）雄弁家が、声が無力であることを詫びるとき」再考再論57号（2017.11）
「ブレヒトの詩（7）ブレヒトの哄笑―批評の強力な武器として」再考再論58号（2018.02）
「ブレヒトの詩（8）ワイマール共和国下、没落した中産階級の行方」再考再論59号（2018.05）
「ブレヒトの詩（9）異国の地で、亡命者の日々」再考再論60号（2018.07）
「ブレヒトの詩（10）東独に帰還しての新たな闘い」再考再論61号（2018.11）
「ブレヒトの詩（11）新しい国造りに参加して」再考再論62号（2019.02）
「ブレヒトの詩（12）詩はなんのためにあるのか」再考再論63号（2019.05）

原典

・Bertolt Brecht: Werke. Große kommentierte Berliner und Frankfurter Ausgabe, hrsg.v.Werner Hecht, Jan Knopf, Werner Mittenzwei und Klaus-Detlef Müller. 30 Bände.Aufbau-Verlag Berlin und Weimar/Suhrkamp Verlag Frankfurt am Main, 1988-2000.

なお、必要に応じて次の文献も参照した。

・Bertolt Brecht: Gesammelte Werke in acht Bänden, hrsg.v. Suhrkamp Verlag, Frankfurt am Main,1967.
（旧全集と略記）
・Bertolt Brecht: Über Lyrik, edition Suhrkamp, 1964.

参考文献

〈翻訳書〉

・『ブレヒトの詩』責任編集 野村修（『ベルトルト・ブレヒトの仕事／3』）河出書房新社（2007）
・『家庭用説教集』野村修訳、晶文社（1981）
・『ブレヒト詩集』野村修訳、飯塚書店（1965）
・『ブレヒト詩集』長谷川四郎訳、みすず書房（1978）
・『ブレヒト愛の詩集』野村修訳、晶文社（1984）
・『ブレヒト全書簡』野村修訳、晶文社（1986）
・『ブレヒト青春日記』野村修訳、晶文社（1981）
・『ブレヒトの文学・芸術論』責任編集 石黒英男（『ベルトルト・ブレヒトの仕事／2』）河出書房新社（2006）

・『ブレヒトの政治・社会論』責任編集 石黒英男（『ベルトルト・ブレヒトの仕事／1』）河出書房新社（2006）
・『ブレヒト作業日誌』（上、下巻）岩淵達治他訳、河出書房新社（2007）
・『ブレヒト詩論集』岩淵達治訳、現代思潮社（1965）
・『コイナさん談義』長谷川四郎訳、未来社（1963）
・『転換の書　メ・ティ』石黒英男、内藤猛訳、績文堂（2004）

〈**研究書**〉（和書のみ記載）
・ヴァルター・ベンヤミン『ブレヒト』（『ヴァルター・ベンヤミン著作集9』）、編集解説石黒英男、晶文社（1971）
・ハンス・マイヤー『ブレヒトと伝統』好村冨士彦訳、合同出版（1969）
・ヴァルター・ベンヤミン、他『ブレヒトの思い出』中村寿、他訳、法政大学出版局（1973）
・野村修『ブレヒト・ノート』晶文社（1969）
・長谷川四郎『中国服のブレヒト』みすず書房（1990）
・菅谷規矩雄『ブレヒト論』イザラ書房（1972）
・根本萠騰子『身ぶり的言語　ブレヒトの詩学』鳥影社（1999）
・石黒英男『ブレヒト案内――介入する思考』績文堂（2010）
・内藤猛『変革者 ブレヒト――オルタナティブの演劇を求めて』績文堂（2017）

ベルトルト・ブレヒト略年譜

一八九八　二月一〇日、オイゲン・ベルトルト・フリードリヒ・ブレヒト、南ドイツの小都市アウクスブルクに生まれる。父ベルトルト・ブレヒトはハインドル製紙工場の支配人。母ゾフィー（旧姓ブレツィング）。富裕な市民階層の家庭に長男として生まれ育つ。

一九〇〇（2歳）弟ヴァルターが生まれる。

一九〇八（10歳）アウクスブルク市立実科中高等学校に入学。

一九一四（16歳）ベルトルト・オイゲンの筆名で「アウクスブルク新報」に詩や短篇などを掲載。

一九一七（19歳）ミュンヘン大学医学部に入学。

一九一八（20歳）徴兵され、アウクスブルク陸軍病院に衛生兵として勤務。処女戯曲『バール』を発表。

一九二〇（22歳）母の死。ミュンヘンに転居。

一九二二（24歳）戯曲『夜打つ太鼓』で、クライスト賞受賞。女優マリアンネ・ツォフと結婚。

一九二四（26歳）ベルリンに移住。ドイツ劇場の文芸部員となる。

一九二七（29歳）詩集『ベルトルト・ブレヒトの家庭用説教集』。マリアンネ・ツォフと離婚。

一九二八（30歳）『三文オペラ』初演。女優ヘレーネ・ヴァイゲルと結婚。

一九三〇（32歳）連作詩『都市住民のための読本から』を、シリーズ『試み』第2集に発表。

一九三二（34歳）『母』初演。

一九三三（35歳）国会焼き討ち事件の翌日、二月二八日にドイツを出国、亡命生活に入る。プラハ、ウイーン経由でチューリヒへ。ルガノに滞在。さらにパリを経て、デンマークに入り、港町スヴェンボル近くに漁師の家を手に入れ、居を構える。

一九三四（36歳）詩集『歌・詩・合唱』をパリで出版。

一九三五（37歳）ドイツ国籍剥奪される。

一九三七（39歳）『第三帝国の恐怖と悲惨』、『肝っ玉おっ母とその子供たち』がパリで初演。

一九三八（40歳）『ガリレイの生涯』、『セチュアンの善人』などを執筆。

一九三九（41歳）『スヴェンボル詩集』をコペンハーゲンで出版。ヒトラー軍のデンマーク侵攻の直前に、スウェーデンに脱出。ストックホルムに近いリディングゲー島に住む。父の死。

一九四〇（42歳）スウェーデンを去り、ヘルシンキへ。フィンランドの女性作家ヘラ・ヴォリヨキの農場に滞在。

一九四一（43歳）ドイツ軍のフィンランド侵攻を受けて、ブレヒト一家は、ルート・ベルラウ、マルガレーテ・シュテフィンを伴い、モスクワへ向かう。病状悪化で入院したシュテフィンを残してシベリア鉄道でウラジオストクへ向かう。途上、シュテフィンの訃報を受け取る。貨物船でカリフォルニアに渡る。ブレヒトらが出航した十日後にドイツ軍はソ連に侵攻、独ソ戦始まる。ブレヒト一家は、ハリウッド郊外のサンタ・モニカに居住。ヴァルター・ベンヤミンの自殺の報を聞く。

一九四三（45歳）チューリヒで、『セチュアンの善人』、『ガリレイの生涯』が初演。

一九四七（49歳）アメリカ版『ガリレイの生涯』が、チャールズ・ロートン主演で初演。非米活動委員会の審問を受ける。その翌日、アメリカを出国し、チューリヒへ向かう。

一九四八（50歳）プラハ経由で、東ベルリンに帰還。

一九四九（51歳）妻ヘレーネ・ヴァイゲルと共に劇団「ベルリナー・アンサンブル」を創設。『肝っ玉おっ母とその子供たち』、『プンティラの旦那と下僕マッティ』を上演。

ドイツ連邦共和国（西ドイツ）、ドイツ民主共和国（東ドイツ）が成立。

一九五〇（52歳）オーストリア国籍を取得。ベルリン郊外のブッコウに別荘を持つ。

一九五三（55歳）スターリンの死。ベルリンで労働者の暴動（「6・17事件」）が起こる。

一九五四（56歳）詩集『ブッコウ哀歌』。『コーカサスの白墨の輪』初演。

一九五六（58歳）八月一四日、夜半に心筋梗塞で死去。

・八年前　Vor acht Jahren　180
・タイヤ交換　Der Radwechsel　183
・きみは長い労働に疲れている　Du bist erschöpft von langer Arbeit 185
・何度も言うな，教師よ　Sag nicht, zu oft　186
・漕ぐ，対話する　Rudern, Gespräche　188

第８章
・ローザ・ルクセンブルクの墓碑銘　Grabschrift Luxemburg 191
・ルイーゼ通りの瓦礫のなかを　Durch die Trümmer der Luisenstraße　192
・幸せな出会い　Glückliche Begegnung　194
・鉄　Eisen　197
・花園　Der Blumengarten　202
・疑う人　Der Zweifler　205
・春　Frühling　209
・慈善病院の白い病室で　Als ich in weißem Krankenzimmer der Charité 211

補章
・抒情詩人は理性を恐れる必要はない　Der Lyriker braucht die Vernunft nicht zu fürchten　216
・詩の翻訳の可能性　Die Übersetzbarkeit von Gedichten　217
・弁証法　Die Dialektik　218
・詩を摘み取る行為について　Über das Zerpflücken von Gedichten 220
・批評的態度　Die kritische Haltung　221
・詩はどう読まれねばならないか　Wie man Gedichte lesen muß 223

第４章
・「たいまつ」888 号に載った 10 行詩の意味について　Über die Bedeutung des zehnzeiligen Gedichts in der 888. Nummer der Fackel　91
・わいろの利かない検事が　Als der unbestechliche Anwalt　102
・隣人　Der Nachbar　107

第５章　(Svendborger Gedichte)
・同調した人びとへ　An die Gleichgeschalteten　111
・きみのなかの山だったものを　Was an dir Berg war　118
・政権の改善策　Die Verbesserungen des Regimes　119
・政権の不安　Die Ängste des Regimes　124
・後から生まれてくる人びとへ　An die Nachgeborenen　130

インテルメッツォ(2)
・シュテフにおくる小歌　Kleine Lieder für Steff　143

第６章
・亡命生活の詩　Gedichte im Exil　153
・生徒なしに教えること　Über das Lehren ohne Schüler　155
・ヒトラーから逃れて９年目に　Im neunten Jahre der Flucht vor Hitler　160
・残された欠片　Die Trümmer　161
・幸運について　Vom Glück　165
・私，生き残っている者　ich, der Überlebende　167

第７章　(Buckower Elegien)
・気づく　Wahrnehmung　169
・新しい方言　Die neue Mundart　172
・解決　Die Lösung　178
・習性，まだ残る　Gewohnheiten, noch immer　179

詳細目次

第１章　(Bertolt Brechts Hauspostille)

・アプフェルベック，または野の百合　Apfelböck oder Die Lilie auf dem Felde　13

・船　Das Schiff　23

・大いなる感謝の讃美歌　Großer Dankchoral　30

・マリー・Aの思い出　Erinnerung an die Marie A.　34

・木グリーンへの朝の挨拶　Morgendliche Rede an den Baum Griehn　37

第２章（Aus dem Lesebuch für Städtebewohner）

・痕跡を消せ　Verwisch die Spuren　45

・余計者について　Vom fünften Rad　48

・クロノスに　An Chronos　51

・集合！　なぜおまえは遅いんだ？　おい　Tritt an!　53

・都市について 2　Über die Städte 2　54

インテルメッツォ(1)

・抒情詩人たちの歌　Lied der Lyriker　65

第３章

・焼け石に一滴の水のバラード　Ballade vom Tropfen auf den heißen Stein　75

・ファシズムがドイツでますます力を増して　Als der Faschismus immer stärker wurde　79

・きみは黙り込んでしまった，友よ　Du bist verstummt, Kamerad 83

・客観的な人びとに対して　Gegen die Objektiven　84

・もっぱら混乱が増していくので　Ausschließlich wegen der zunehmenden Unordnung　88

内藤　洋子（ないとう　ようこ）
1943年　栃木県宇都宮市生まれ。
東京教育大学（現・筑波大学）文学部独語学独文学専攻卒業
同大学院文学研究科独文学専攻修士課程修了。
明治薬科大学名誉教授。
専攻は、ドイツ現代詩。ドイツ表現主義の詩を手始めに，B・ブレヒト，H・M・エンツェンスベルガー，S・キルシュ等の詩を研究。
ドイツ現代戯曲の翻訳にも携わる。
編訳書：『呪文のうた――ザーラ・キルシュ選集』郁文堂，1998年
共　著：『近代ドイツ抒情詩の展開』同学社，1986年
『自然詩の系譜――20世紀ドイツ詩の水脈』みすず書房，2004年
訳　書：ファルク・リヒター『エレクトロニック・シティ』
（『ドイツ現代戯曲選30　第4巻』），論創社，2006年

ブレヒトの詩――しなやかに鋭く時代を穿つ

2019年12月25日　第1版第1刷発行

著　者　内藤　洋子
発行人　原嶋　正司
発行所　績文堂出版株式会社
〒101-0051 千代田区神田神保町1-64 神保町ビル402
電話 03-3518-9940　FAX 03-3518-1123
振替 00130-56-126073
装　幀　クリエイティブ・コンセプト　江森恵子
印刷所　信毎書籍印刷株式会社

ISBN 978-4-88116-090-9　C3098